문학과지성 시인선 408

역진화의 시작

장석원 시집

문학과지성사

문학과지성사에서 펴낸 장석원의 시집

아나키스트(2005)
태양의 연대기(2008)

문학과지성 시인선 408
역진화의 시작

펴 낸 날 2012년 2월 10일

지 은 이 장석원
펴 낸 이 홍정선
펴 낸 곳 ㈜문학과지성사

등록번호 제10-918호(1993. 12. 16)
주   소 121-840 서울 마포구 서교동 395-2
전   화 02)338-7224
팩   스 02)323-4180(편집) 02)338-7221(영업)
전자우편 moonji@moonji.com
홈페이지 www.moonji.com

ⓒ 장석원, 2012. Printed in Seoul, Korea

ISBN 978-89-320-2278-9

문학과지성 시인선 408

역진화의 시작

장석원

2012

시인의 말

오전의 광장에 쏟아지는 햇빛.
저곳이 이곳으로 함몰된다.
나는 보이고 지워진다.
당신이 바지 주머니에 손을 넣고 걸어간다.
한 송이 꽃, 광장을 짜갠다.
허공에 배어난 응혈.

JIN을 기억하며.

2012년 2월
장석원

역진화의 시작

차례

제1부 Kakotopia

밤의 반상회

우리에겐 기원이 없어요 잃어버린 진화의 고리 우리는 돌연변이예요 눈에서 레이저광선을 발사하거나 전자기파를 증폭하거나 금속을 통제할 수도 있어요 불과 얼음도 우리가 제어합니다 우리는 신인류입니다 우리는 차별받았고 노예에 불과했지만 지도자의 출현 이후 단결하여 조직을 이루고 실천과 이론을 동전의 앞뒤 면처럼 결합하여 선조들과 갈라설 수 있었어요 우리 신주체들은 주체적이랍니다 다르기 때문에 전사가 될 수 있겠어요 선명한 집단성은 우리의 이념이에요 너그러운 시간이여 부패하는 육체여 하늘을 보라 저 오로라도 우리가 만든 것 변화 그것은 우리의 시스템 새 인류의 에덴을 창조하기 위해 오늘은 파괴하고 지금은 전투하자 관용과 용서는 인간들의 것 우리는 무성 생식으로 번창한 내일의 존재 우리에겐 단절과 도약뿐 우리에겐 이별과 망각뿐 고통과 상처는 그들에게 투척하자

  —N·o·n·f·i·r·e 아파트 주민의 7월 회의 녹취록 중에서

그때 우리들을 간섭했던 것들: 뉴스데스크의 오프닝 멘트 시청자 여러분 안녕하십니까 전국에 폭우가 내리고 있습니다, 에프킬라 오렌지 향의 분사 음, 썬키스트 파인애플 주스와 델몬트 당근 주스의 당도와 염도를 감별할 수 있는 501호 남자의 능력에 대한 찬탄과 빙신새끼 지랄하고 자빠졌네라고 소리 없이 내뱉은 904호 남자의 미소, 자살한 배우의 엄마의 부채와 불륜의 상관성 그리고 집값의 하락과 초등학생 성폭행 사이의 규칙적이고 합리적인 관계를 치밀하게 논증하는 BBQ치킨 여사장의 불가리 향, 동시에, 열린 창문을 넘어 침입한 다른 불빛과 다른 습도의 바람과 죽도록 사랑하면서 두 번 다시 만나지 못해 심수봉의 목소리 벨 소리, 아름다운 여인들은 대개 목소리도 섹시하지 않냐며 썩소를 날리던 이혼남 402호와 신세기교회에서 그를 만나 뜨거워진 윤아 엄마의 갤럭시에 도착한 문자 메시지 멧돼지 몇 대지 헐~모히칸 모텔 306호 앞 복도에서 그들을 목격하곤 생

굿 웃던 소망약국 약사의 퍼지는 발 냄새

(Everybody sing) : Now here we are

Here we are in progress

뒤풀이 하실 분들 닭몰이로 오세요

시름과 검은 눈물

잘 지냈는지 나는 죽은 듯하이
이곳의 우리는 드물어지고 퉁퉁 불어가고
수상한 바람이 지나가는 날들
우리는 이곳에서 그곳으로 움직이는 중인데
나의 밤은 추억 쪽으로

과거가 넘실거리는 밤의 창가에서
자네를 떠올리네 나는 나를 매우 잘 잊고
자네가 나를 보고 싶어 한다는 전갈 푸르스름하군
우리는 임종 후에 전시된 미라에 불과하다네
애인은 일찍 잠들어 깨어날 것 같지 않고
애인을 바라보는 마음의 평온함과 감격
눈물마저 증발시키는 신비한 마술

우리에게도 신성이 찾아왔다네 이 말은
반복 같군 나는 이렇게 재현될 뿐이라네
내 그림자를 쳐다보기 바란다네 내 얼굴을
기억하기 바란다네 어떤 날은 기적과

사랑이 실현될 것이고 어떤 날은 죽음보다
낡은 절망이 우리를 끌고 갈 것이지만
나는 지금 자네를 그리워하네

기록된 모든 것을, 문신의 요철을, 혀로 탐색하며
자네가 읽은, 털도 없고 냄새도 없는, 백색 소음에
용해된
그 몸은 나를 두려움으로 물들이겠지
바람의 관절을 애무하는 나무들의
순응하는, 부드러운 균열을 바라보네

빌라 빌라 그런데 빌라

문을 열기도 전에 녹아내린 자 눈꺼풀 아래 침몰한
신음
머나먼 고향 언덕의 금잔디 매기 내 사랑아 미끌거
리는
남자의 눈물은 캡틴큐 망자의 술잔에 넘실대는 그
리움 또는
피아노 연주자의 손가락 마비 같은 절망과 일렁이
는 심홍 두려움
집에도 못 들어간 채 도어 락 앞에서 (비밀번호는
7724610) 잠든 남자의
젖은 사타구니 입 벌린 바지 속의 빨강 신념처럼
딱딱해진

우리나라의 납빛 절망을 이야기하고 싶었는데
남부의 존망 때문에 조금 진지해지고 싶었을 뿐인데
내 주머니 속에는 파도도 어뢰도 따개비도 있건만
왜 거리는 가로수는 쓰레기통은 의류 수거함은 굳
건한가

취한 자여 용기 있는 자여 슬픔을 마셔버린 자여

전우의 시체를 넘고 넘어 앞으로 가자

후퇴를 모르는 31통 주민들이여 모두 나오시오

나를 구타해주신다면 내 슬픔을 브라운 믹서에 넣고 분쇄해주신다면

한 번만 안아주신다면 다솜 어린이집 노랑 버스 뒷바퀴에다

오줌을 갈기지는 않겠지만 나는 아직 어리잖아요 슬픔의 수피(水皮) 따위

알 수가 없으므로 나에게는 가르침이 필요해요 침을 뱉어주세요

두려움이 무게를 잃고 척척해지고 오줌이 바지를 점령하고

마르지 않는 푸른 연무 같은 리넨 커튼 뒤의 불빛 주황 창문

그들 소행이겠지요? 그들이 그리워요 왜요? 왜요? 죽은 자는

죽은 자 돌아오지 않는 자의 망령이 거리를 떠도
는데

우리 집은 빌라라니까요 옥상에서 뛰어내려도 다시
빌라

한번 시도할까요 상자 속의 상자 망치 속의 망치
반동 속의 반동

스프링 상수 K 어떤 살의 탄성 계수 E 육체와 건물
의 포개진 체위

배 위에 올라와보시라우 가래떡 겹쳐진 듯 지나온
길이 하나가 되는데

모든 신호등을 격파하고 네거리에서 쌍쌍바처럼?
여보 여보 진실은

도굴되었다니까 저기 모텔 초록 파라오의 욕조에
물이 차오르고

뻐근하게 빠개지게 준비되었어요 탁 치니 억 하
고…… 빠꾸 빠꾸 경동고길에서

낙산 해돋이길로 그랑 블루로 저기 창고 앞 움직이
는 어둠 앞 여기

내가 수장될 곳 눈을 잃어도 입 벌릴 수 없어도 몸이
귀소를 찾아 무사하게 안착 방뇨 후 넣지도 못하고
길을 걷는 자여

가소성(可塑性)

우리는 진화한다 우리의 감성과 지성은 상호 배반
으로 조화를 이룬다 세계를 엽습하듯 (열심으로 열심
으로) 우리는 우리를 가공한다

순국과 애도와 이별을 포장해서 열심히 열심히 속
이기에 바쁘고 속이기로 작정하고 우리는 적응할 것
이고 (이 은하에서) 살아갈 것이고 빛나는 미래로 나
아갈 것이고 우리는

단결해서 국난을 극복할 것이고 민족의 위상을 드
높일 것이고 그래서 적당한 몸이 필요하고 우리를 달
굴 신념을 생산해야 하고 (생산은 행복, 생산은 아름다
움) 온전하게 한번 사랑도 못 해본 나는 아직 그 슬픈
뜻을 알지 못하고

멸망의 조짐을 먼저 읽은 자에게 형벌을! 질서를
위협하기 위해 뱀의 혓바닥을 내민 자들을 단두대로!
(깨지듯 아파지더라도) 조국을 위해 세계를 위해 체제

의 발전을 위해 우리는 우리를 매장하고 슬픔도 모른
채 만장을 들고 괄약근에 힘을 주고

　이겨내자 견뎌내자 발맞춰 나아간다 죄와 벌을 배
낭에 넣고 결사항전의 자세로 임전무퇴의 정신으로
고난의 행군을 시작한다 (우리 승리하리라) 우리는 우
리를 조져야 한다

We Die Young

현실이 때로 울 수 없게 만든다? 정권이 미치지도 못하게 한다? 공포를 견디는 일? 관성적인 것? 우리가 우리를 믿을 수 없게 만든 적들의 책략? 우리에겐 자아비판의 축가? 세계의 재발견을 위해 우리는 난교 중?

한 번 더 신음하자. 애련도 좋다.

세계의 항문에 대고 구호를 외쳐본 적 있는지? 그때 혀는 무엇을 하고 있었는지? 당신이 외친 '투쟁'이 내 몸을 통과하여 입으로 나올 때 오르가슴을 느꼈다? 나는야 쾌락의 왕자? 그 후에 전투라도 일어난 것인가? 나는 정말로 자동 수탉이 된 거야?

돌아보지 말고 울자. 낑낑거리며.

1984년 프린스는 혁명에 성공했던 것일까? 퍼플 레인에 젖어 퍼블릭 에너미가 되기 위해, 현실을 깨

부수기 위해, 우리는 우리끼리 스와핑 중인 거야? 적
아니면 우리야? 관장하는 일? 고난의 길? 환원되지
않는 것?

울지 마 마이클. 조금 후에 우리, 후레자식이 되자.

이 순간의 열기를 기억하라

보수 우익의 승리 독재의 부활 우리의 패배와 죽음 그것도 좋았습니다 에헤라디야 널리리야 널리리 니나 노호 우리는 노들 강변에서

노래질 때까지 노루가 되어 사냥당하기를 기다렸지요 말린 고기가 되어 바람에 저항하고 싶었는데 우리의 피로 적들의 입술을 적시고 싶어 안달했는데

외로워 외로워서 못살겠어요 외로움이 두려워 투항하고 포기하고 자폭했습니다 그것도 아름답지 않은 것은 아니었습니다 노들 강변이었기 때문에 어쩔 수가 없었어요 아름다움을 포기했더라면 승자가 되었을지도 모릅니다

동지적 연대감 때문에 사랑할 수 있었지만 집회가 끝나면 서로를 포식하기 위해 새벽의 밀고를 자행할 수밖에 없었습니다 외롭기 때문에

너를 안으면 너의 육체가 내 몸에 힘을 줘 나는 네가 되는 거야 우리 하나 되어 전선에 나가자

친구야 후배야 선배님 그리고 동지들 남자와 여자 모두 하나의 세포로서 밝은 내일을 위해 서로의 육체를 헌납해야 합니다 물질의 밑바닥에서 물질이 됩시다

나를 먹는다면 그래서 살아난다면 나는 기꺼이 한 근의 엉덩이가 될 텐데 나의 징벌은 그것인데…… 꽃에라도 먹히고 싶다

탱크와 붉은 클로버

묶인 개가 나를 쳐다봐요
대추리의 철조망에 흰색 국화가
걸려 있어요 나비도 햇빛도 부피가 없어요
다시는 부패되지 않을 거예요
먼 지평선과 달의 합체
몰려오는 폭도들 방패와 해골의 합체
입술 위의 그림자 칼날에 베인 구름
내가 죽기 전에 빗방울이 콧등에
함석판에 황산이 떨어져요

땅이 갈라지고 먼지가 날아오르고 바람의 껍질이
얇아지고
양키 고 홈 양키 썩스

떠난 나와 남은 나에게 두 번 인사해요
그때마다 송곳이 길어져요 구멍이 넓어져요

*

인생의 어느 하루 패망의 전조가 드리운 하늘 밑에서 점령되기 직전 허리 굽혀 꽃을 꺾어요
꺾여 나는 검은 깃발이 될 거예요 핏물에 젖어
먼지에 포위되어 정물이 되겠지만 나는 갈증을 몰라 피곤을 몰라
뜯긴 레이스 부서진 손목시계의 톱니바퀴 탱크에 깔린 클로버꽃
갈라진 논바닥에 누워 인생의 어느 하루를 기억해요
흙의 사타구니에 말라붙은 지렁이들

전진하는 군인들에게 피 끓는 용사들에게 키스해요
우리의 숨소리를 들어봐요 7번 엔진을 끄고
탱크 위에서 서쪽을 응시해요 블랙
메탈의 진동 위에서 포신에 찔린 석양을 쳐다봐요
서해 바다가 진군하고 있어요 그들이 파도 위로 걸어왔어요

락스를 풀자

우리는 달나라로. 우리는 무덤으로. 배고픈 아이에게 빵긋거리는 아이에게, 주먹을 쾅쾅, 물총을 찍찍. 당신은 나에게 쪽쪽의 키스.

둘이 하나가 되는 신비한 밤이 있었다. 필연(＋운명－행운)이 작동되었기 때문에, 우리는 가난에서 벗어날 수 있었다. 서로의 백선, 서로의 기계충.

애정의 밤이여, 밤의 안면이여, 이제는 녹아내려라. 나는 나를 잊기 위해 애쓰는 당신의 노숙자. 청결이 예시하는 불후의 허벅지 안쪽.

우리의 몸을 헐어버린 냄새의 기원. 시작도 없고 복선도 없는 이야기의 해피엔딩을 위해, 아구통 날린 사랑의 무결점 망각을 위해, 우리는 락스를 풀자, 최초부터 순결해지자.

표백된 우리들. 경이롭게 새하얘진 슬픔의 팔레트

들. 모든 오염의 시작점. 동정 없는 세상.

　지금은 비명 또는 절명. 가글가글. 이제는 희망마
저 우리를 지치게 만드는 썩어버린 육체의 날들, 감
당할 수 없는 날들의 구취, 치구의 날들, 찌꾸의 윤활
의 냄새. 적나라의 욕망은 (적의 나라에서) 거룩하다,
는 것이 당위, 라면…… 일요일의 공화국엔 오수뿐.

　내 몸은 깨끗해서 아무도 감염시키지 않는데 시민
들이 집 밖으로 나오지 않는 날들. 날 염색하는 함장
네모의 신선한 애욕을 느끼기 위해, 나는 거품 비누
의 요정과 샤워 중. 쌩유, 맨유. 더러운 공장지대의
출근하는 노동자들처럼

　잠수함처럼 나는 고요하다. 그 무엇도 두렵지 않았
다. 용사가 되었으므로 조국의 내일을 기억하라, 고?
고고씽 씽킹 보트. 염소 가스의 메스에 찢어진 폐포.
체포된 사병의 눈물에 마음의 절반은 물어뜯겼는데,

당신은 나를 꼭 안아준다. 이것이 훈육이라고 확신하
면서.

아메리카, 아메리카

새 삶의 증거가 여기에 있다

모든 것이 흑단빛으로 풍성해질 때까지 기다릴 것
이다

소금 뿌리자 몸부림치는 미꾸라지처럼(wunderbar!)

그때 별은 어디에? 있기는 있었을까?

(차인표의 가슴에, 갑바에, 후까시에, wonderbra에!)

나는 자유의 땅으로 간다, 조국으로 돌아간다

(왜 늦었을까, 도착하면 어디로 갈까, 젠장)

빠지직 팍 팍

오, 그대는 보이는가

황혼의 미광 속에서 우리가 그토록 자랑스럽게 환호했던

널찍한 띠와 빛나는 별들이 새겨진 저 깃발이

치열한 전투 중에서도

우리가 사수한 성벽 위에서 당당히 나부끼고 있는 것이*

박격포를 메고 능선에 오른

나는 집결지. 나는 저지선. 증명되지 않은 애국자.
신념에 찬 비밀 요원.

팔레스타인 청년이 가슴에 품은 플라스틱 폭탄

다리 한가운데서 함께 찢어진 여자

그 여자의 부르카

나는 순교자. 163센티미터. 54킬로그램. 시력 0.6.
증오 무한. 과거 상실. 미래는 메카로. 부양가족 무.
백일몽 무. 전투 경험 무.

영광스러운 승리를 위해 적의 심장부로 가겠습니다

황금 돔의 사원이 날 기다립니다

모든 이야기가 끝났을 때

살점을 수거할 때

---

* 미국의 국가 「The Star-Spangled Banner」의 가사.

불의 영역을 불이 통제할 때
불의 영역을 불이 통제할 때

나의 세월, 그의 조국

옛날 이런 노래가 있었다. 백두산의 푸른 정기 이 땅을 수호하고, 당신의 땅을 수호하고, 무궁화꽃 피고 져도 빛나는 우리 역사…… 속에서 우리는 굳세게도 살아왔다네. 굳센 자에게 천국의 문이 활짝 열릴지니. 원 투 뜨리 원 투 뜨리, 리듬에 맞춰 스텝을 밟아요. 굳은 몸을 유연하게 해요, 너무 협소한 문이라서……

힘센 당신의 역사. 파란만장 네거리의 10월은 무모했고 우리의 세월은 허무했다네. 눈물로 증거할 날들이 다가왔지만, 신은 역사를 증명하지 않았네. 신이여 우리를 돌봐주시고, 신이여 눈물로 우리를 씻어주시고, 최후의 신이시여 이제 저의 죄 때문에 제가 죽을 때, 저를 대신하여 죽어주소서, 주소서, so sir.

무릎 꿇은 그의 모습을 바라보았다. 손바닥을 뚫고 나간 못을 보라. 교당의 뾰족탑 위에 넘쳐나는 것은 저녁 햇빛뿐.

그는 우울하게 기침했다. 그는 눈을 감았다. 청계천의 소신공양. 그는 이제 백두의 스포츠머리. 어둠이 그의 머리를 표백했다. 그는 그러니까 불꽃이 되어 어둠과 뒤섞였던 것. 허물어진 인간의 경계.

사랑 때문에 지상의 지옥은 사라질 것이므로, 아들아 저녁 햇빛에 배어든 사람의 숨결을 맡아라.

위대한 지도자의 시대가 있다, 위대한 지도자의 신민들이 있다. 배경은 완벽한 새벽. 원스 어폰 어 타임, 국태민안을 위해 모두가 기도 올릴 때, 새벽 종이 울렸네 새 아침이 밝았네, 너도 나도 일어나, 괴뢰도당을 박살내자, 새 나라를 건설합시다, 새 천년왕국을 건설하자고요. 늴리리 태평성대에, 당신의 이마에 부적, 내게는 면죄부, 그에게는 가시 면류관. 우리를 대신해서 박명의 별이 되려는 그에게 축복과 신의 가호를. 우리에게 아싸 가오리를.

괴멸을 위하여, 트윈스를 위하여

나는 파시즘을 혐오한다
권력이 아무 때나 칼을 들이댄다
거품 욕조 속에서 불수의적으로 발기될 때
테러리즘에 대해 할 말이 없어진다

블랙 슈트를 입은 그가 앉아 있다
그는 유두를 피어싱했다
달라지기 위해서이다
그는 쌍둥이 야구단의 스카우터이다

커피가 식어간다 담배를 비벼 끈다 그는 예전에
형제의 나라에서 장군님을 위해 헌시를 낭독했다
나중에야 그가 JPT 맹원임을 알았다

그는 정파가 다르고 목적과 수단이 다른 나를
혁명 주체를 다르게 생각하는 나를 좋아한다
그는 두 개의 주체를 애호한다
나는 그에게 곰돌이들을 사랑한다고 고백했다

민족 해방이 먼저일까 계급 해방이 먼저일
까 동지야
슬픔은 갈수록 두꺼워지나 봐 이 고난은
언제 끝날까

그가 울 것 같다 내 눈물은 말라버렸다
말라카이트가 필요하다 열정이 부패되었다
그는 오지 않을 미래를 간곡하게 기다린다
방패에 찍힌 흉터 다리미처럼 번뜩인다
그것은 영광의 상훈 내가 지니지 못한 영혼의 상흔
별 같은 그가 망부석처럼 조국 통일을 기다린다

아버지께 염원하나이다
이 이항 대립의 땅에 은총을 내리소서
따발총을 내려주소서

지랄탄처럼 성탄의 첫눈처럼 우리는

살아 숨 쉬며 마멸을 견디며 버텨왔다
그를 위해 오늘밤은 톱이 되기로 한다
NL과 PD가 그러했듯
우리에겐 감마제가 필요하다

    Never Love, Never Live! We will never
    die
    그런데 NL이 잘한 게 뭔데

Rock will never die
Che Guevara, Marlboro Red, Rage Against The
Machine
이따위 명사들이 R을 구성한다
그와 나는 이 소비재들을 공유한다
National Liberation, People's Democracy
통역 없이 우리는 대화했다

그는 나를 조건 없이 사랑한다

내가 PD가 아니었다고 믿기 때문이다 (동지들!
함께 나가자) ((이제 나가자, 지겹다)) 사실
나는 NL도 PD도 아니었다 나는 ND였다
(((그는 그걸 모른다))) 세상은 혼란했다

말보로 레드 유니언

녀석들

다리 밑에서 불꽃 하나 들고 황홀에 빠지는 먼 나라의 학도들

형들이 말했다 담배는 실존을 거는 거라고 연기와 영혼은 동급이라고 한 가치 담배도 나눠 피우며 우리는 의무를 돌파했다

아군과 적군을 식별하기 위해 우리는 사타구니 냄새를 맡는다 같은 곳에서 자라 같은 곳으로 돌아갈 피를 섞은 형제도 아닌데

제기랄 담배가 유전과 무슨 상관이란 말인가 돌려 피운 담배 필터에 묻은 침을 빨다가 우리는 DNA까지 공유했다 그러니까 우리는 광장에서

지옥에서 보낸 한 철에서 시집을 읽는 동안 아름다웠던 우리는 한낮의 침묵이 찾아올 때마다 담배 1발 장전, 새벽 4시 3번 초소에 투입될 때마다 담배 1발 장전, 선배에게 쇠 파이프로 3대 맞고 복수를 다짐할 때에도 담배 1발 장전

어미의 젖을 빠는 강아지처럼 끙끙거리며 삼겹살을
먹여주는 선배의 낯짝을 갈긴 후에도 나는 담배 1발에
청년 학생의 증오를 장입했다 대가리부터 빨개지는

우리는 전우애로 뭉친 청년 전사 고통을 잊기 위해
담배 한 대면 족하다 담배를 물고 있는 나의 얼굴에
붉은 구멍 꽃힌 담배 야광탄이 입으로 들어간다

내 입은 총구 나는 시너통 적들보다 빠르게 충혈되
는 나는 뼛속부터 살가죽까지 붉은 소비에트 환상적
인 내장의 불꽃이여

모터사이클에 올라타 밀림과 평원을 지나 산맥을
넘고 적도에 이를 때까지 대륙을 한 바퀴 우리를 지
상에서 영원으로 운송할 불 바퀴

천천히 일기를 적으리라 시로 민중의 삶을 노래하
리라 우리가 목격한 것들

그대를 뒷자리에 태우고 납작해질 때까지 가로수가
누울 때까지 바람의 송곳처럼 돌진하리라 우리 청춘
의 엔진을 쿵쾅거리리라 피는 더욱 순수해지리라 말
보로를 물고

세계를 씹어 돌리며 우리 타들어가는 장작들 불꽃
의 고독 속에서 의기는 점점 강직해지고 점점점 커지
고 우리는 빨강에 맹세하고 빨강은 신념의 빛

세계의 피착취자들을 해방하기 위해 최후의 화염이
되기 위해 너와 나는 바퀴 맹렬하게 회전하는 우리의
심장은 엔진 우리의 피는 가솔린

우리의 실패는 담뱃재 같은 것 우리의 기억은 어둠
속으로 튕겨낸 담뱃불 같은 것 우리의 의지는 담뱃갑
속 담배 가루 같은 것

유일한 사실 라이터 불빛에 떠오르는 너의 얼굴 불
꽃 우리의 키스는 마지막 혁명처럼 깊고 미끄러웠는
데 오래전

혁명의 불꽃을 물고 있던 동지들 입술을 벌리고 작
게 뇌까렸다 좆같다 씨발 철학처럼 수북해지는 꽁초
들의 거주지 다빈치에서 너와 헤어지기 전에 한 대
더 피워 물었던 담배 방글라데시 같은 내 혀 위에 맴
돌았다 조금 더 있고 싶어

내장을 물들였던 나의 적(赤)이 부활한다 혁명의

빨대를 빨자 우리는 재결합된다 우리는 재귀된다 갑
속의 담배 같은 동지여 아직도 그대는 내 사랑이니
돗대에 불 붙여 건넨다 세계가 맥박친다

　짜식들

오후 2시의 증폭기

책상 모서리에 걸려 그림자가 찢어진다
누워 자전하는 천왕성의 한쪽은 늘 밤이고
다른 한쪽은 계절이 바뀔 때까지 낮이라지

쪼개져 자유로운 것들이 나를
쳐다본다 까마득하게 생활이
추락하고 책상 위에 올려놓은
머그가 다음 세계의 입구로 보이는데
나를 잡아줘 꿈을 잃지 마 잘 가 내일 만나 몸 소독
은 싫어 콧물이 떨어졌어
종횡하는 소음

물상의 힘을 믿고 싶지 자욱한 회념(悔念)의 의자
에서 벗어나고 싶지 나는 이곳에서 저곳을 보고 저곳
에서 그곳을 본다 이것이 나를 보고 내가 저것을 본
다 나는 나를 두 개로 나누고 사물이 나를 두 개로 인
식한다 하체는 오후로 상체는 아침으로 분할된다 나
는 조차(租借)되었다

기울어진 사물들이 반짝거린다
세계가 나를 경계로 삼투된다
이동하는 모든 것들의 진동
설명할 수 없는 우리들의 실패
집 잃은 자들이 푸른 외투를 벗는다
꽂힌 고드름 같은 알몸의 자작나무

그들은 박피된 후
지하 냉동고에 갇혔다
크리스털이 빛을 분해한다
나는 그들을 찾지 못했다
우리의 회절 눈 밖 암흑
오랫동안 우리는 쓸쓸하겠지
고통 없이 슬퍼하겠지
유리
　　　　햇빛
　　　　　　굴절

공민(公民)

추월당한 나를 지우고, 나를 절단하는
그것은 물체가 아니라 슬픔, 적색 편이 되는
다른 나여, 우리의 나라여, 조국은 언제나
머나먼 곳에서, 민족은 영원히 이념 속에서
시작된다, 다시 시각화된다

뒤통수들의, 뒷모습을 지켜본다
뻐끔거리는, 다른 나들이 등 뒤에 줄을 선다
호명하자 저마다 일어서며, 대답한다
저예요, 당신이죠, 우리는 형제, 거대 가족
한 민족이에요, 한겨레예요, 피를 나누었어요
무한 변형체들, 뒤얽힌 존재들의 아름다운 열락

왜 이러십니까, 우리 절망했나요, 끔찍합니다
피를 나눈다는 것, 차라리 뱀파이어가 되겠어요
씨발, 좆같이 나를 무시해, 나는 슈퍼맨인데
당신도 슈퍼맨이었군요, 우리는 동지인가 봐요
동지들, 캄캄한 동지들, 우울하게 조직된다

곧 절단이 찾아온다, 우리들

그리고 우리를 낳고 기른 자들, 그리고

사랑하는 모든 나와 돌아와 울고 있는 누이들 나의

아이들 콜타르에서 불쑥

솟아난 얼굴들, 한강 위로 달이 부상한다

일그러진 채, 저며진 채, 의문을 삼키는

단자(單子)로서의 나는, 세포로서의 나는

무성 생식되는 당신의 나는, 단단해지는 세포벽 속

에서

별이 빛나는 밤에

인생의 의미를 알고 싶어 우리가 봉봉을 깨물 때
바닥의 얼굴들 범람한다 크메르루주 검은 비닐봉지를
머리에 뒤집어쓴 채 어둠의 치골에 입을 처박은 채
질식되는 민중 빠개진 송판 같은 얼굴로 운다 누가
우리를 이곳에 밀어 넣었는지 아버지 씹새끼들과 함
께 씹의 배수로 씹을 하며 씹히며 우리는 울기 위해
아슬

아슬 넘치는 사랑의 수위를 체험하는 중인데 코앞
을 열병(閱兵)하는 바람 세계의 치마를 들어 올린다
우리의 스카페이스에 피가 흐른다 바람은 우리를 운
반하는 날개 어둠의 퍼지는 날숨 넓어지는 어제의 장
소 우리의 얼굴은 피오르드 오랜 침식과 퇴적 후에
우리 용암처럼 전진하리라 아버지들을 노략하리라

망각 사이로 비사이로막가처럼 달려간다 중절도 모
르고

48

떠나는 바람의 꼬리가 허공에 기술한 우리의 이야기 우리의 것이 아니기에 보일 리 없지 우리가 경험한 어제의 사랑이 낯설고 고통 없이는 현실을 기록할 수도 기억할 수도 없으므로 창공의 별을 응시하는 우리는 세상이 잘못되었다고 믿으며 꺼져가며 아버지의 탄생을 주재한다 오늘은 어둠의 할(割)뿐 할례뿐 아버지들과 할래

근친이므로 순수해질 수 있다네 피의 정화를 위해 아버지께서 말씀하실 때 우리 온몸을 집결시켜 봉헌을 준비하자 깨끗하게 몸을 닦자 번뇌와 후회가 우리를 용인하네 우리는 그들의 명령에 따라 이 나라의 씹탱이들 아버지들과 상간한 후에야 재현되는 총체성을 바라본다

어떤 이론

쓰지 않으면 견딜 수 없는 날이 있고
그런 삶도 있지
하지만 쓰는 일이 도대체 뭐야, 뭘 쓴다는 말이야

모호해진다는 것, 이해할 수 없다
이 생의 끝에는 무엇이 기다릴까
다시 꽃이 피겠지만, 꽃은 아무도 알지 못하고
꽃은 혼자서 웃는다

우리들 은박지처럼 머뭇거리며
주름마다 그림자를 끼워 넣으며 검은 구멍에 삽입
되며
우리는 부정문으로 대답하지
우리가 가지지 못한 것과 가질 수 없는 것
지저스 크라이스트, 슈퍼 히어로
우리들의 길을 조종하지 장악하지 섭취하지
졸아들지 않는 정력가가 되면서
우리는 어둠과 스크럼 짜고 으쌰으쌰 무너지지
조선으로 싼 밤 맛 군고구마의 단호박빛 방향(芳

좁)과 버석거리는 껍데기의 가벼운 온기 같은
　우리의 아이들
　어디에서 먹고 싶니 무엇을 하고 싶니 누구를 안고
싶니

　함께 그림을 그리자 검정과 하양으로
　젖은 눈으로 초원을 응시하는 수말의 콧김
　지평선으로 떠나가는 구름 떼의 머리털마다 반짝이
는 빗방울
　꿈은 어디에도 없는가? It's alright
　무엇을 하더라도 무엇이 일어나도 무엇이 사라져도
무엇이 죽어가도
　It's alright

　돌아왔어 그리고 믿고 싶어
　부서진 가을과 미지수 x와 증강 현실을
　왜 우리는 떠날 수 없는가를 물으며, 물으며
　쓰기를 멈출 수밖에, 영원이란 없는 거야

제2부 Indestructible

VS

　그는 소시지를 즐겨 먹고 나는 신 따위를 믿지 않고 그는 커피에 집착하고 나는 담배에 관심이 없고 그는 정상위만 고집하고 나는 정치에 흥미가 없다 나는 눈 내리는 정릉에 가본 적 있으나 우주정거장에는 가보지 못했다 그는 포커를 좋아하고 나는 헤비메탈을 즐긴다 그와 나 사이에는 늘 소음이 들끓었고 나는 그 소음을 인더스트리라고 여겼다 나는 투쟁을 좋아하고 그는 수면제를 애용한다

*

그리하여
제자리로 돌아와
지나간 미래의 날들을 기록하는 대필가
타자기가 창조한 나
그의 얼굴 밑에 압쇄된 다른 날의 나
울다가 절벽이 된 나 그의 말씀을 필사하는 나

소환과 초대

전화가 걸려 왔다
드디어 올가미에 걸린 것이다
출두 명령
머리를 내미는 거북이
머리를 내어놓으면 구워 먹힐 것이다
내 머리는 결별을 모른다

당신이 처음 나를 만졌을 때
사랑도 모른 채 전율했던 나는
거부당한 자의 표정으로
의자에 묶여 있었다
금붕어의 입으로 진술하면서 나는
용의자의 의미를 깨달았다
── Fuck the police

당신은 으르렁거리고
나의 목을 조르고 애원하고
사랑하지 말라고 협박했다

──Fuck the police

한 대 더 때리면
나는 나를 갈가리 찢을 것이다
나는 당신의 터진 꽃이 될 것이다
나 때문에 당신은 더 아름다워질 것이다
맑은 눈의 거북이가 당신의 뒤를 핥는다

나는 매달려 흔들렸다 불알처럼
나는 돌아오지 못했다 산란하면서
부재를 증명하면서 벗겨지면서 열리면서
나는 어두워지는 일을 녹아내리는 일을
그리고 당신을 기억했다

당신 때문에, 오랫동안, 울지 못했다

몬스터

당신을 안고 하룻밤 잘 수 있다면 잠든 당신을 냄새 맡고 맛보고 다시 토닥일 수 있다면 용광로의 쇳물에라도 뛰어들겠어요

나는 도살장의 암소 수직 방혈된 살덩이 나의 영혼을 분리해주세요 당신의 살 많은

살의가 나를 아프게 해요 삼킨 알약 식도를 통과하는 국수―연동하는 소화기관의 부드러운 흐느낌―나를 떨게 만들어요

뿔 애호가들이 몰려와요 확대경을 들고 멸종 직전의 짐승을 박제하려는 듯이 주도면밀하게 일사불란하게 다가와

벌리고 묶고 끼운 채 바늘을 찔러 넣고 메스를 들고…… 나는 그렇게 찢어졌어요 어둠 속의 촛불처럼 나를 가둘 수 없어요

내 뿔은 작고 단단해서 예리하게 반짝였지만 결코 당신을 찌른 적 없어요 도려낸 당신의 얼굴을 보았어

요 증오도 분노도 없는

　투명해진 내 얼굴에는 구멍이 없어요 온몸의 피가
흘러내렸어요 당신이 흡입한 나와 당신의 검은 분신
과 사라진 내 뿔 그리고

　사랑 다음의 사랑 패배 다음의 패배를 위해 나는 종
속되었어요 어디에나 출몰할 수 있는 가능성 그리고

　우연하게 당신을 마주칠 확률이 높아졌습니다 뿔을
자른 당신이 전기인두로 나를 지진 후에야 출혈이 멈
췄습니다

　It's raining again

　　　　　　　　　　　Raining blood

　Reign in blood

　　　　　　　*

　당신에게 나를 바칩니다
　주저앉아 날름거리세요

당신은 나를 가져도 좋아요 나를 먹어도 좋아요 나의 젊음을 섭취해도 좋아요

아버지 욕(欲)의 목젖이 부풀어 올라요 환희가 입술을 벌려요 운하의 갑문이 올라가듯
(수챗구멍으로 빨려 드는 물은 왜 시계 반대 방향으로 회전할까)
당신은, 가죽이 뼈에 들러붙을 정도로, 기갈에 허덕이는, 애액을 받아 마시듯, 온몸이 혓바닥으로 변한 당신은, 지붕에 쑤셔 박힌 전봇대 죽창에 찔린 관군의 어깨 총구에 내려앉은 잠자리, 사랑이 끝난 후에 신음했나요
포연이 분비되는 포신 앞에서 고요의 아가리 속을 들여다보는 사수, 발사된 내 머리통이 멀어져가요
나는 오래전에 분해되었어요

나는 어머니 없이 태어났어요
바위에 부딪혀 머리가 깨졌으나 울지 않았고

태어나자마자 당신이 먹였고, 당신은 날 먹기 시작
했고 사춘기 이후로
　나는 당신의 영양제 누구도 보충할 수 없는 신선
한 피

　나는 돌아갈 거예요
　당신이 날 가두었던 그곳 나를 사육했던 그곳 나를
처음 맛보았던 그곳
　고백을 강요했던 취조실에서 나는 벗겨졌고 당신은
나를 기록하며
　나를 바라보며 헐떡이며 주사기를 준비했지요
　그곳에 당신뿐이어서 행복했습니다

*

　당신과 나는 둘레도 면적도 길이도 똑같아요 한몸
이었으니까요
　당신의 세포에서 내가 시작되었으니까요

동정 없이 태어나 애정 없이 서로를 가꾸고 쓰다듬
으며
서로를 물고 빨며 여름 공터의 돼지풀처럼 피곤도
모르고 으르렁거리는
우리는 전면을 맞대고 입을 합하고
밀물 때의 해면처럼 두 개의 허파처럼

*

당신은 죽었어요 나는 살아 있지요 살자 살자
당신은 다짐하지요
지겨울 뿐이에요
죽음까지 같이 하고 싶다고 말했나요
나는 사랑의 기관차 당신은 레일

같이 하고 싶다는 말의 연쇄반응: 나 없이 당신은
하고 싶어 한다, 채찍 없이 혼자 도는 팽이처럼, 당신

은 나를 사랑/제거하고 싶어 한다

    떠나는 기차에 대한 나의 반응: 당신이 나를 만질
때, 나는 당신의 고체에 매혹되었어요, 갖고 싶어 땀
을 흘릴 수밖에 없었지요

    당신은 나의 아버지이며 어머니
    나는 당신에게 겁탈당한 식모
    당신은 내가 찢어버린 스케치북 속의 뿔 달린 괴
뢰군
    당신의 장기 하나 빈 곳에 채워 넣어도 되겠지요
없는
    당신을 부활시키기 위해

                            *

    검은 수염이 하얗게 변해가듯
    바람이 당신의 목소리를 분쇄하고 있어요

진주 목걸이 끊어져 알갱이 흩어지듯
바람 속에서 녹취한 당신, 부서지는 음절들
플랫폼에 서서 손을 흔들며 구겨진 미소로
나를 전송하던 당신의 머리 위에 부슬비

*

끈끈이에 붙은 어미 쥐의 붉은 눈
모든 접촉은 접착이에요 입술을 떼세요
갉아대다가 쫓기는, 훔쳐 먹다가 붙들린, 수음하다
가 들킨
아버지 뒤에서, 쥐포처럼 눌려 헐떡이던 엄마를
위해
할퀴고 물고, 새끼 쥐처럼, 매달려 울고 있어요

*

나와 당신은 위산에 녹아내리는 한 덩어리 살

나는 당신이기를 열망하면서 열렬하게 소화되고 있
어요
단백질 용액으로 분해되면서 우리는
죽어가면서 죽여가면서
서로의 시신을 어루만지면서 신생아처럼
눈도 뜨지 못한 채 울고 있어요
한때 서로를 탐닉했지만 지금은
살 껍데기만 남은 빈 자루를 쳐다보고 있어요

                    *

당신의 눈구멍에 고여 일렁이는 얼굴 눈부신 사랑
의 얼굴

                    *

추석. 선물. 양말 세트. 상자 속.
마지막 날. 당신이 지녔던

메모지. 동전. 피 묻은 지폐. 세 장.
내게 유증한 7,230원.
어떻게. 그 지폐에 각혈이 묻었는지.

*

바람은 귀환을 모르고 이별만을 알고
파도는 갈라지는 것을 모르고 섞일 줄만 알고

상자를 열면
최후의 당신이 펄서처럼 깜박이는데

육체 복사

입안의 붉은
나비는 부패를 향해
날아가고 나를 두고 멀어진다.
나비 한 마리의 실로(失路) 그것은
비명의 폐기 슬픔의 구성 공준의 파멸.

칠성판 위의 고요 쪽으로
멸(蔑)의 연록 평원으로 나는
간다. 하늘 바닥을 기어
모래의 치차(齒車) 속으로

한 방울 피, 나비는
남풍을 거슬러 일던 구름
흘러가는 얼굴, 나비는
명중된 화살처럼 부르르
진동한다. 부서진다.
마지막 내장까지 빨아들이기 위해
이동하는 점, 나비는 초록 물방울

추락을 모르는 리듬 기계.

입을 벌리고 삭(朔)이 된다.
나는 초원의 혀 위에 당신처럼 뿌려진다.
구부리는 애벌레로서, 응애의 알로서

*

   확장되는 대륙이 보여. 바람의 영토. 창밖은 광휘
로 충만한데, 새는 바람의 등허리를 기어오르고, 담
장의 장미 넝쿨은 다음 옥타브로 이동하는데, 서러운
과부처럼 가시가 돋는다.

   이곳에 오자 목적을 잃은 것이다. 사랑을 거덜 낸
것이다.

   바닥난 연료 통. 사랑의 공복(空腹). 걸레 같은, 거
리의 은행나무.

광명은 사라졌고, 가난은 날 마르게 하고, 눈물은
폭탄이고, 침강하여 더 큰 어둠으로 다가오는 얼굴.

망각이 지나가요. 나를 잊어주세요. 아니, 내가 잊
겠어요. 생은 어떻게 마감될까요.

파괴적인 하루가 흘러갑니다. 월요일이고요, 다시
4,239번째의 월요일이고요, 오늘이 어제고요, 어제가
내일과 분별되지 않는 노란 오후예요. 해는 토마토
주스처럼

흘러내려요, 낮아질수록 무거워져요. 무엇과 무엇
이 나에게 뭐라 뭐라 말합니다. 그 무엇과 무엇이 저
기 멀어진 나에게 작별의 키스를 건네요.

머리카락이 이마로 흘러내려요. 셔츠를 벗고, 양말
도 벗고, 잠시 휴식해보세요. 당신은 박카스처럼 쾌

활해져도 좋아요.

여기는 어디일까. 뚝 끊어진 것이다.

환상으로 들어가고 싶어서 몇 번씩이고 고독에 젖어 액체가 되는 것인데, 바람 소리, 초침 소리, 몸을 들썩이게 한다. 나는 바깥에 의해 기술된다. 외계가 내 몸에 언어를 삽입한다.

눈을 감고 하나의 점을 생각한다. 그 점은 얼굴이 되기도 하고, 불꽃으로 변하기도 한다. 그 점은 내 몸을 굴착하는 드릴. 코앞에서 당신이 숨을 쉰다. 피가 번진다.

나는 명목을 잃은 짐승이다. 나는 초침이 움직일 때마다 금 가는 바위이다.

황금의 음영을 만지기도 전에 겨울이 다가온다. 이

것을 수치라고 하자. 나를 향한 열없는 애도 따위에
몸이 달아오르다니, 어떻게 된 것일까.

*

　당신의 게르 안에서 냄새 없는 대지의 몸통을 그리
고 당신의 눈동자를 핥을 것이다. 삶의 기율은 가루
가 되었다. 노래는 흘러가고, 나를 두고, 아리랑처럼
지워진다. 나비 한 마리의 실로를 기억한다. 나라는
나비, 나라는 곤충, 나라는 비행체. 초원을 향해 최후
의 비행을 시작한 후로 나는 줄곧 후회에 젖는다. 나
는 지금 나의 비명을 기록한다.
　세계의 공준은 파멸이리라. 당신을 위해 내가 준비
한 육체. 저 불멸의 연록(軟綠) 평원으로 나는 천천
히, 하늘 바닥을 기어간다. 몸의 절반을 바람에 양도
하고, 껍데기 너덜거리는데, 아직도 잊지 못하고, 이
루지도 못한 채, 기어간다 기어간다, 마지막 사랑을
나누기 위해 나는 바람의 시원으로 간다.

목젖을 타고 식도로 내려가던, 연동하며 멀어지던 초원의 체액. 나는 내부의 외계를 흘러가며 그 밤을 흡수했다. 당신은 고원의 구름으로 변성되고, 천천히 부스러지는 새벽의 별빛.

그때 성긴 구름의 전면에 맑은 눈물 한 방울, 구름 속에서 얼굴 내미는 당신을 어루만지며, 붉은 혀로 감싸며

그때 나비는 입에서 날아오르고, 모래 알갱이 별은 흩어지고, 바람의 머리칼 앞에는 새벽 양 떼의 울음.

나는 두 개의 달을 쥐고서 거대한 초록을 빨아들인다. 하나의 점이 나를 뚫고 지난다. 발 아래로 초원이 빠르게 지나간다. 편서풍이다. 구름이 솟구친다. 붉은 기운이 응집한다. 초원이 일출의 리듬으로 으르렁거린다.

*

사랑은 아직도 끝나지 않았네. 잊어야 잊어야 다짐

하지만 사랑과 공포는 나를 압도하고, 나는 눌려 신음하면서, 여전히 당신을 기다리네 잊지 못하네 더욱 사랑하게 되었네.

이것이 삶이라고 묵묵히 받아들이며, 아침의 정적 위로 떠오르는 태양을, 안개에 묻힌 적일(赤日)을 가슴에 담네. 사랑 뒤의 어둠을 지우네.

나를 습격하는 쥐새끼, 같은 사랑에 몸 달궈지면 나는 따뜻하고 건조한 동체, 오로지 그 몸의 신열을 음미하네. 기억 속의 기호는 지옥으로 건너가고, 기억 속의 기호는 실재가 되지 못하고, 당신의 이미지, 미지의 병통이 나를 다스린다.

*

뒤섞이는 하늘을 쳐다보면서 나는 구름의 얼굴을 만든다. 모두가 나의 복제물이다.

무릎 꿇고 기도하는 작은 기계, 나는 돌아오는 발

자국에 입을 맞추러 베란다로 나갈 거예요. 석양에
저며 드는 저녁 새들의 여미(麗美)하고 느려터진, 들
리는 듯 들리는 듯, 날갯짓 너머로

제3부 Lime light

1. 입 벌린 채, 고드름을

28년 전 감색 양복을 입은 당신이 검정 구두를 신고 현관문 밖으로 걸어나올 때 진영이와 진흥이가 홍옥빛 볼을 동그랗게 부풀리며 렌즈 앞에서 부동자세가 될 때 당신이 모서리로 막 입장할 때 제비 한 마리가 오른쪽으로 날아가다 당신의 머리 위에서 파리를 잡아먹기 위해 잠깐 머물렀지만 아이들도 당신도 그 순간의 전후로 배열되었을 뿐이었기에 그날부터 제비가 빠져나간 오른쪽 상단 모서리는 허물어졌고 당신도 아이들도 바람의 힘을 견디지 못하고 부서지기 시작했다

2. 동결된 청천. 설경이 붙들고 있는 정적.

포개진 접시처럼 울고 싶었어요 당신을 잃었기 때
문에
　침대가 무너졌기 때문에 우리의 무게를 감당하지
못한
　불행한 가구였어요 불안은 쉽게 찾아와 달라붙지요
　You come and go You come and go
　날름거리는 불꽃이 컴 앤 고
　당신의 얼굴이 나타났다가 지워지는 것 이것은
　명백한 반복이고 사랑의 왕복운동이고 에-고 에-고
　내장이 출렁이는 순간 나는 터지고 당신은 날려가고
　나는 침대 위의 깨진 물병

　창밖의 자연은 소음
　꽃들은 계통 없이 발생했다가 전성기를 맞이했네
　나는 변성기 없이 skip skip skip 성인이 되었습니다
　정도를 모르지요 당신 앞에 서면 입 닫는 꽃잎이
어요
　곧 허물어지겠습니다 봄의 꽃들은 너무 뜨거워요

왔다가 하루 만에 떠나는 나비처럼
등허리에서 파닥이는 햇빛처럼 날아오른
당신은 그곳에서 아름다운가요
흙의 얼굴로 웃고 있는 병마용

3. 세계 얻어맞은 듯하다. 약물이여, 자유를 선사하는구나. 그 누구와도 몸을 나눌 수 있을 것 같구나. 시간을 도륙하는 약물이여.

엄마는 딱 한 대밖에 맞지 않았습니다
그는 죽이겠다고 협박했고 달밤이었고
우리는 완전연소를 향해 나아갔습니다
맞기 전엔 턱에 힘을 줘야 해요

쌍쌍이 마네킹 같네
어깨에 씨쓰루를 걸치고 은어처럼
늘씬하게 엎드려 그는 반성했고
치열하게 명상했고 느닷없이 용돈을 주었어요

자정에 엄마는 빨간 다라이에 물을 퍼부었고
그의 등을 정성 들여 닦아주었어요
주먹을 쥐고 떨었어요 떨다가
울었어요 자장가를 듣고 싶었어요

비둘기 세 마리가 한집에 살아요
(우우 라 팔로마 블랑카)
아빠 비둘기는 엄마 비둘기의 등 위에

아들 비둘기는 사타구니가 축축해
꿈꾼 듯이 엄마는 늙었고요
엄마와 나는 대마왕의 손아귀를 드뎌!
탈출했습니다 자연사(自然死) 덕입니다

4. 계속된 기록, 기억. 돌아서시오. 명령을 수행하시오. 노래는 끝나가고, 노래는 지워지고, 노래는 되감기고, 묶여 있는 슬레이브, 세계는 점점 수상해지는데, 이곳은 함몰되고 있는데, 눈을 감고 부드러운 애무를 상상한다.

울며불며
용서를 빌며
당신의 일부가 되기 위해
당신의 감탄사가 되기 위해
오늘도 문을 박차는 찬란한 근력
완벽한 동물의 아름다운 발차기

당신의 입은 너무 부드러워요
발이 미끄러지는 훌륭한 구멍이에요
멋진 입구라서 송두리째 동화되겠군요

그때 아름다운 선생님이 말하네
Books and books and everywhere!
공부하거라 불연(不然)하면
엉덩이를 때려줄 테다 어서 바지를 내리거라

그때 더 아름다운 헐크가 말하네
맞담배를 피워도 좋아
외로울 때 좀 와줄래
어깨를 주물러줘

그리하여 용서받지 못할 자의 탄생을 경축하자
상처는 멘소래담 하나면 치유되었고
어둠 속에서 치와와들은 엉겨 붙었어요
그 후로도 오랫동안

5. 2월의 겨울비는 차갑고, 겨울비는 2월에 떠나려 하고, 겨울비는 영혼을 분해하고, 겨울비, 2월의 겨울비 몸을 부식시키고, 나는 울지 않으려고 빗속으로 한 발 더 들어가고, 겨울비는 나를 지우려 하고, 2월의, 겨울비는 채찍처럼 되돌아오고, 2월의 겨울비 속삭이며 나를 파고든다. 오래전에 먼지였던 나는 입을 벌리고, 비는 회백질까지 젖어 드는데, 지금 무엇을 할 수 있는지, 2월의 겨울비, 빗금, 겨울비, 2월, 사라지기 전에 찾아온, 부라더미싱 같은, 겨울비, 소리 없이 일어선다, 무릎 끓은 나의 어깨에 겨울비, 푸스스, 겨울비.

가는 비
당신이
지나는
두 시간 전

당신을
죽어도
사랑하겠다
맹서했고

그때 빗방울
三
三
五
五
퇴근하는
동대문구청
공무원들

두 시간
전에
나는
저녁의 비
당신의
가는
비

두 시간

전부터
나는 포말

6. 성장의 결과였다.

소년들이여 무엇을 해야 남자가 되는지

2차 성징을 먼저 맞이했기에 나는 강자이다 벗고 자랑했다

캉캉을 추고 싶었다 흡수하기를 원했다 빨리 어른이 될 수 있는 방법

교정의 연못에 솟아 있던 붕어 조각의 눈이 감겼다 사자 동상이 꿈틀거렸다

야구부원들이 단체 기합을 받고 있었다 원산철교가 붕괴되는 순간

눈이 감겼다 운동장 청소 때마다 나는 뭉개는 기분으로 녀석을 바라봤다

우리는 플라타너스 그늘 밑으로 들어갔다 아버지처럼 솟아라 커져라

남자가 되었다 나는 어른이다 이마에서 땀이 흘러내린다 딴딴한

내 몸은 도체 선생님이 손을 대자 시동 걸린 포니처럼 부들거렸다

7. 음악처럼 견뎌왔다, 당신의 입구(入口)에서

시작도 끝도 없이 당신과 만나고 있어요
체위만 바뀌고 있었을 뿐

이발사가 혁대를 풀자 크레졸 냄새
면도하기 전에 손부터 닦지요
인후염에 걸린 스튜어디스가 우유를 마셔요
푸르지오 마트의 사장이 사타구니를 긁으며 하품
해요
밤의 고양이는 모두 그의 친구이지요
오후 3시 34분의 빗방울이 15층 아파트 창문에 도
달했을 때
미시간 모텔로 들어간 연인이 대실료를 지불했을 때
엘리베이터가 멈추고 이발소의 라디오가 꺼졌어요

당신은 그때 내 손을 잡았어요
해운대 백사장이 파도에 젖듯
당신이 나를 침범했던 것이에요
모래시계의 모래가 홀린 듯 줄어들어요

빠르게 나는 소모되었네요

구름엔 입이 많아요
비행기가 입으로 들어와 다른 입으로 빠져나갔어요
나는 당신을 통과했어요

8. 육친(肉親)은 하나의 구멍이 부족하고, 다른 구멍을 채울 수 있을 뿐이고, 또 다른 구멍으로 무엇인가를 내뿜으려고 안달이다. 육친은 구멍을 관할하는 다른 존재를 느끼지 못한다. 바람을 닮은, 굵고 뜨거운, 매끄럽게 확장되는 구름을 바라본다. 새들이 울고, 구름이 벌어지고, 햇빛이 주택가에 착지하고, 아파트 공사장의

장년이 소년을 포옹할 때
아들이 아버지를 사랑하여
멍들도록 끓어야 할 때
그의 소년이
소년의 그를 쓰러뜨릴 때
푸른 침묵의 침대 위에서 뒤척일 때

분꽃 씨앗 톡토그르르
떨어지듯 빗방울의 투명한 손가락
사이에 묽어진 혈과 육의 갈라진 신음
머뭇거린다 기화하는 땀의 가벼움
박막 앞에서 투망 속에서 파닥거리는
아동의 저녁

스프링 너머로 전진

긁힌 살갗에 맺힌

넓어진 림프액의 노랑

그때 그들은 분리되면서

하나하나 뒤바뀌면서

서로에게 주먹이 되면서

조금 아래를 건드리며 어둠 속에서

보이지 않는 살을 맡으며

9. 먼 바다로 나아가는 구름의 끝자락. 무정형의 육체. 바람이 분다. 변형된다. 조그만 돌기. 똑, 따 먹는다. 구름 터널 속으로 고개를 쑤셔 박는 바람의 얼굴에는 표정이 없다.

음악은 아직 시작되지 않았고
음악은 다시 눈물을 준비하고
음악은 눈물 아닌 그 무엇도 아니라서
나는 돌아가 음악을 기다릴 것이네

양갱 같은 고요에 스며들어
아기가 웃는다 바닥에
이마를 찧는다 멍에
입술을 댄다

나를 잊지 않은 아기가
맨발로 나들이 나와
동자 밖으로 나간다

햇빛이 아기를 데려간다
햇빛의 선율 너머에서
휘발하는 아기

봄꽃이 주둔했다
나는 음악보다 무거워져
불붙는 두려움에 저항할 수 없네

10. 비로소, 동체(同體)의 생이

배롱나무 꽃들
잔이빨들 지퍼 벌어지듯
붉은 천공이 확대된다

*

달이 커지고 별이 작아진다
담장이 허물어지고 있다
당신의 뼈가 드러나고 나는 살이 마른다
틈이 벌어지고 어둠이 밀려난다
당신은 별과 바람을 다스려 나를 만들었다
은하수를 멈추게 했고 바람에
불을 넣어 내 살을 데게 했다
당신이 나에게 다가온다

충북석유 벽돌담 옆을 걸으며 가방을 끼고
모자를 쓰고 호크 단추를 열고 손등 덮은 교복 펄
렁이며

고개 숙이고 귀가하는 열셋의 소년 당신이
자전거를 타고 마중 나오는데 가방의 입이 벌어진다
앞니 빠진 담장이 들썩인다 유조차가 급정거한다
짐받이에 앉아서 허리를 안고 눈을 감는다

당신은 쉽게 조적(組積)되었다가 해체되었다
이제 탱자나무 골목이다 집에 다 온 것이다
날아간 꿀벌의 침처럼 당신이 박혀 있다

                              *

배롱나무가 나를 부동(不動)에 함몰시킨다
열핵(熱核)
쪼개진 얼굴 사이로 꽃

11. 나는 세상의 모든 함몰이니까, 괄호이자 의혹이니까. 젖은 꿈, 흘러내리는 어둠, 허리에 고인 눈물 때문에 나는 조금 더 강건해지고 있어요. 더 잘할 수 있을 거예요…… 가슴이 두근거려요. 가만히, 가만히 오세요.

A 눈썹

흙손으로 모르타르를 반죽합니다 경계가 필요해서요 검은 새의 깃털이 떨어졌어요 아래에서 위로 피부를 뚫고 나왔지만 통증은 없었어요 뿌리는 내 머리 속으로 뻗쳤습니다 끈끈이주걱에 갇힌 벌이 보여요 삼나무의 떨어진 잎처럼 갇힌 수벌처럼 찔러대고 윙윙거리는 한 올의 털 혜성의 꼬리처럼 이곳에서 저곳으로 쓰윽 미끄러지는 파고드는 검은 직선

B 눈

기억나지 않아요 갈색 동자, 쌍꺼풀, 또 하나, 렌즈가 없는 안경…… 두꺼운 책의 겉장처럼 아무것도 응시하지 않는 눈 안으로 숨어들 수 있었어요 Dive! Dive! Dive in me! 어느 10월의 아침 침몰하던 순간 지층이 열리던 순간 한 겹 벗겨지던 순간 내가 읽은 건 그렁그렁 용해되던 당신 일렁이던 눈물 위에 내려앉은 물잠자리

C 귀

우박이 아스팔트 위에서 녹아내리듯 소리가 귓구멍
에서 소멸하듯 스며드는 두 개의 점 봄 잎사귀처럼 윤
이 납니다 동백꽃 붉어지는데요 달아오른 귀는 열 많
은 꽃잎 목침을 베고 누워 미움 없이 아낌없이 애정을
주려 하는군요 꽃 속으로 나를 끌어들인 당신 귓속에
서 웅웅거리는 당신, 두 개의, 점 점, 깊숙이……

D 입술

안으로 밀려드는 노을
손 닿자 아무리는 꽃잎

A
B
C
D

쌓아야 보이는 당신의 얼굴이 흩어져 있습니다 분
명 당신의 눈썹 눈 귀 입술인데 당신은 보이지 않습
니다 당신을 벽돌 속에 가두었습니다 당신은 모래와
시멘트와 물로 돌아갔습니다 당신의 눈썹눈귀입술을
소유했는데 당신이 없습니다 당신을 가질 수 없어 당
신을 해체했습니다 이 벽이 얼굴이에요 당신이 흘러
내립니다 당신을 소유할 수 없다면 버려야지요 당신
의 기면(棄面)

ㄴ　　ㅜ　ㄴ　　　ㅅ　ㅅ　ㅓ　ㅂ

　　눈

　　　　　　　　　　　　　　귀

　　　입

　　　술

12. 이곳과 그곳을 겹쳐놓는다. 나는 과거를 끌고 미래로 뛰어간다. 나는 나를 땅속에 처박는다. 두 다리가 허공에서 움직인다. 재크의 콩나무처럼 다리가 뻗어 오른다. 목을 조른다. 구멍에서 액체가 흘러나온다.

그가 천천히 허리를 편다
복숭아, 침이 돈다
쓸쓸한 빗금처럼 벌어지는 입술
검은 눈을 뜬 채, 흰 뺨 위에는
흘러내리는 차가운 액체의 출발점, 속에서
바람의 두껍고 축축한 혓바닥이 조금 더
파고들 때, 배고파 빈 젖을 흡착하는
텅 빈 하늘의 야위어가는 달처럼
후퇴하는, 다무는, 깊어진 그의
타오르는 혀 또는 열광
벙그는 영산홍의 얇은 떨림처럼, 분홍
엉덩이처럼 부푸는, 부끄러움
푸른곰팡이 같은 수염과
얼룩지는 숨소리의 허공

13. 부흥 부흥부흥 솥쩍다 우는 새의 얼굴로
날아간다. 오늘의 나에게 방아쇠를 당긴다.

몸에 불이 붙은 것 같아요 히말라야 영봉이 머리에
얹혀 있는 것 같아요 당신이 날 지배하고 있기 때문
입니다

우리는 한때 거울을 보듯 다정한 연인이었는데 바
람에 온몸 물결치는 버드나무처럼 서로를 껴안았는데
베인 햇빛처럼 이별한 것입니다

당신이 날 부릅니다 구멍 너머로 당신이 보입니다
당신은 열심으로 흘러내리는 중이고 그때 나를 그 자
리로 부른 것은 당신의

신체, 영혼 없이 살 수 있습니다 먹지 않고 견딜 수
있습니다 맨발로 바늘 방석 위를 걸어가도 좋습니다

당신이 없다면 땀 흘리고 오줌 누는 신선한 몸이
없다면 내 몸에 흐르는 당신의 피가 없다면 나는 잘
못된 탄생의 결과로 판명될 것입니다 그때 밤하늘의

별이 동결 건조된 내 눈물이라는 것을 당신은 의심하지 마세요

자목련 밑에서 아이의 엉덩이를 토닥입니다 햇빛이 입술을 두드리고 낮은 바람이 파닥거리고 아이는 혼자서 까르르 떠오릅니다 그날 오토바이에 치여 잠깐 공중에 머물렀는데 깨진 유리병처럼 버석거렸는데 당신이 날 안고 달려갔듯이…… 햇빛은 투명해진 꽃잎을 데리고

당신은 캬라멜 나는 단내 나는 몸이 좋아요 나는 아름다운데 당신은 나를 가질 수 없습니다 지금 나는 당신 것이 아닙니다

14. 앞과 뒤가 균일하다. 모두가 나의 제물
이다. 폐허의 숨소리를 듣는다.

그때 당신이 적조사에서
웅크린 어둠 그 알 속으로 들어가려고 할 때
적송의 바늘잎 한 방향으로 방사포탄처럼 나를 지
날 때
내 얼굴은 슬픔 때문에 변할 수 없었어요 고정되었
어요
손을 잡고 싶어요, 유리 속의 투명한 어둠
나를 부여잡는 힘
우리는 여기에서 으 으 으 이별했어요

내가 있었던 곳으로 돌아가기 위해
당신을 남몰래 배양했어요

손을 놓는군요 당신의 손바닥 위에 불꽃
어둠이 들어올리는 궁릉의 불빛
당신의 입속에 문 열린 대웅전 속에 불빛
따스한 엉덩이가 보여요 알전구 덜렁거려요
빗줄기 사그라져요 당신이 손을 흔들어요

멀어지는 모함(母艦)처럼 깜박이는 당신
나는 불 꺼진 포구
눈을 감아요 깨지지 않을 거예요

15. 왜 통증의 최후에 노을이 배어나오는지. 북국(北國)으로 혼자 가버린 당신 구유 속에 누워 하늘을 바라본다. 그 몸의 혈흔이 지워진다. 이곳에서 자장가를 들었더라면 자작나무 잎새처럼, 묶인 채, 흡입되듯 떠났겠지만, 자랑스러운 웃음으로 기억되었겠지만, 더럽혀진 몸은 풀잎 사이에서 부패되고 있다네.

내 영혼이 붙들고 있는 자들. 사랑의 소멸은 무겁고, 이별은 낯설고, 가라앉은 치통 같은, 저곳의 오후를 맹렬하게 횡단하는 바람들, 덜컹이는 입들, 나를 물고 침 흘리는 입들. 벌리고 다물고 조이고, 흡착된, 입들.

고정시킨, 봄, 봄의 오후, 기적과 사랑이 싹트는, 머나먼 초원에 두고 온, 망실한, 내가 매장한 사람들. 안착하여 눈을 뜬다. 풀, 사이 풀, 사이 바람의 길. 초록 파도 쪼개진다. 마른 손가락 드러난다. 손등의 정맥.

검은 공을 던지는 자. 추락의 포물선 끝에서 포말이 되어버린 자의 느린 허밍. 모래 한 알, 바람 속에서 수평 이동. 내가 서 있던 시작점, 당신이 함몰된 종착점, 흰 손가락이 검은 선을 긋는다. 나는 삭제된다.

당신은 파여 허공의 점에 흡입. 모래알로 응집된다는 것. 소실점이 게워낸 모든 기억의 구체(球體)들. 초우의 전면에서, 부복의 밑면에서, 향불의 사면 뒤에서 쪼개진다. 풍우의 지난밤 낙화를 세며, 바스라진 육체를 흩뿌리며

이생에서 이별하고 후생에 연인으로 만나겠지만 이것을 이별이라 한다면 다시는 이별하지 않으리 더 깊게 파헤쳐 이별 뒤의 나를 분할하리
아무것도 아닌 자의 재생을 위하여 사랑은 절며 절며 이곳으로 건너왔지만 당신은 나에게 들어왔지만 진달래처럼 당신은 나를 굴복시켰다

16. 이별 후의, 이별 후의

나는 또 먹히겠지만
당신은 이별하는 일에 몰두하여
당신의 신체를 내 몸에서 빼내려 하고
당신의 결정이 옳다고 믿는 나는
이별 때문에 이별을
고통 때문에 고통을
슬픔 때문에 슬픔을 느낄 수 없네

당신은 나를 아낌없이 사용했지만
사랑 후에도 당신은
나의 흔적을 가지지 않았기에
이 차가운 영혼은 부활을 알지 못하고
당신이 몸에서 단도처럼 뽑아낸, 너를 사랑해
때문에 뱀의 혀처럼 갈라진 나는
마른 늪으로 변해버렸네

제4부 La la la la la lie

저녁 식사

우리는 구멍

6개의 의자 6개의 포크

6개의 출입구

장전된다

또 다른 구멍이 생긴다

우리는 흘러내린다

님과 함께
— DJ Ultra의 리믹스: 한용운, 『님의 침묵』

당신이 페달 밟는 소리 당신의 허벅지가 만들어내는 소리 여기에 있는 게 좋아요 낳아줘서 행복해요 나를 만들어서 당신도 행복한가요 당신 옆에 있는 것이 즐거울 뿐이라서 나의 몸은 터럭 하나도 빼지 아니한 채로 당신의 품에서 사라질 거예요 이 모든 황홀이 조금씩 뼈를 갉아내고 나는 순백의 신음이 되어요

다음 생에는 내가 낳고 싶어요 아버지와 아들은 원래 자주 몸을 바꾸니까요 서로의 몸을 습관처럼 침범하니까요 먹어치우니까요 구름은 가늘고 시냇물은 옅고 가을 산은 비었는데 님이여 사랑이여 내 옆의 영원한 바다처럼 당신은 애욕에 젖어 웃고 있네요 당신을 잃은 것이 죄악이었어요

당신은 흘러간 물이지만 푸른 구름과 강물이 내 눈 안으로 들어오지만 조각조각 깨진 코스모스처럼 나는 검은 그리움이 되어 고개를 숙여요 떠오른 달이 차차차 얼굴이 되더니 넓은 이마 둥근 코 아름다운 수염

이 역력히 보여요 판타스틱해요

　당신의 최후의 접촉을 받은 나의 입술을 다른 사람의 입술에 대일 수는 없습니다 나는 결별할 때에도 웃을 줄 알아요 나는 그때 모든 것을 보았어요 당신의 눈썹이 검고 귀가 갸름한 것을 당신의 둥근 배를 잔나비 같은 허리를 보았어요 당신의 흰 발톱과 둥근 발꿈치도 보았어요 반항도 원망도 없어요 당신의 모든 것을 경험했으니까요

　당신이 나를 버리지 아니하면 나는 복종의 백과전서가 되겠어요 나의 절망을 당신이 이해하여 더욱 탐닉한다면 청빙의 얼굴로 당신을 읽겠어요 나에게 입을 맞추며 더 많은 사랑을 요구할 때 나는 당신을 사랑한 나를 죽이겠어요 당신의 사랑의 동아줄에 휘감기는 체형도 사양하지 않겠어요

적대자들

차부에 바람이 몰아친다 술집과 여관의 거리에서 추억은 부엉이처럼

방향 전환 후 길을 잃었기에 고개를 돌리고 어둠을 응시한다 지나간 그림자들

어둠의 일편이 된다 잊혀지기 위해서 무슨 짓이라도 할 것이다 있을 수 있는 일이다

우리는 사적(私的)으로 낡고 지쳤을 뿐 나는 반투명이 되어 밀봉된 눈으로 비를 본다

환상은 사실로 역전되지만 비는 구름이 되지 않는다 귀환할 수 없는 우주 비행사와

궤도를 이탈한 별 그리고 기대할 것 전혀 없는 현실 때문에 담배를 피워 무는 일

우리는 녹아내리는 아이스바 우리는 거품 빠진 사이다 한꺼번에 멸종한 다이너소어

이곳과 저곳에서 점프하는 입자들 전 세계의 우울을 응집시켜 수류탄을 투척했지만

아름다운 신념 때문에 밤을 지새우고 마포행 첫차
를 기다렸다 피할 수 없었다

나는 벽을 넘는 검정 나는 멈춤을 모르는 검정 분
노를 모르는 검은 덩어리 되어
　소멸을 찬양하기 위해 비 오는 날이면 무장을 했다
비를 격파하기 위해서
　적의를 상실한 주철 파편이 되어 나를 깨무는 바람
을 향해 날아간다 곧 끝날 것이다

사라졌음에도 불구하고 나무를 해체하는 톱처럼 바
람의 틈을 벌리고 나를 적출하는 자들
　강철 이빨이 나를 갉고 있다 찢어지는 해부되는 신
음하는 나무와 파쇄하는 파 들어가는 톱
　바람에 부상하여 먼지가 되는 나와 무명에서 유혈
로 환원되는 다른 나

연인들

강풍갈비에서 일하는 조선족 김미자 씨의 월급과
GNP의 관계는 미분적이다

그녀는 지금 쓸쓸하고 사장은 사랑을 모른다 손가
락이 길기 때문이다

발톱을 깎으며 그녀는 다짐하고 다짐한다 다른 갈
비집으로 가야 한다

능력 있는 사장을 고르려 한다 더 많이 사랑해줄
남자를 찾기란 어렵지 않다

그녀는 새 고용주와 타협할 것이다 사랑은 노동의
두려움을 소거시킨다

사랑에 빠진 노동자는 투쟁을 모른다 사랑에도 분
배와 이윤과 파업이 있다

쌍문역 3번 출구 50미터 강풍갈비 맞은편의 쌍문갈
비 그곳은 밝고 건조하다

사장이자 아마추어 마라토너 신남규 씨는 주택 청
약 통장과 암 보험

2,000만 원 계와 국민연금을 매달 납입하는 건실하고 튼튼한 홀아비 오너

김미자 씨는 쌍문갈비를 쳐다본다 강풍갈비 사장 이영만 씨는 김미자 씨에게
반드시 호강시켜주겠다고 했다 그녀는 그 말을 못 들었다 너무 작은 목소리였다
축적된 이윤을 떼어먹고 도망친 계주와 인정 깊은 남자의 기억될 만한 파국은 없었다

사랑의 배수진을 치고 겨룬들 이영만 씨가 신남규 씨를 이길 수는 없다
계급은 사랑에서 시작되지만 사랑은 화장지가 되어 계급의 미래를 화장실로 인도한다
김미자 씨는 선험적으로 이것을 알고 있다 숯불 화덕에 바람 먹은 불꽃 이글거린다

사랑과 믿음과 희생과 배신의 관계는 죽느냐 꿈꾸

느냐 죽느냐 사느냐와 연결될 수 없다

　15만 원 오른다 더 착한 남자는 없지만 사랑에 목
숨 건다고 송금액이 늘지는 않는다

　김미자 씨는 브로커와 병든 부모의 얼굴을 떠올린
다 더 강력한 생의 쟁투를 생각한다

　석쇠 위에서 익어가는 고기는 부드럽고 육즙은 고
소하고 고소하다 합목적적 조응 결과

　용기 있는 자가 미인을 쟁취한다 두 남자의 승부는
예정조화설을 확증시킬 것이다

　이영만 씨는 김미자 씨 건너편에 앉아 소주를 마신
다 강풍갈비엔 손님이 없다

비극의 기원
—DJ Ultra의 리믹스: 이상, 「실화(失花)」

자본은 흘러간다 노동은 종속된다 나는 비정규직 히히 이것이 무슨 문제란 말인가 당신만 있으면 나는 행복합니다 당신이 나만을 사랑한다면 내게 자본주의가 무슨 소용 있겠어요 어떤 고난도 날 쓰러뜨리지 못합니다 나는 아내이며 애인이며 당신을 먹고 싶어 하는 아들이며…… 먹은 후에야 확인될 비극이 나를 떨게 만들어요

사람이 비밀이 없다는 것은 재산 없는 것처럼 가난 하고 허전한 일

당신은 나를 훑고 가는 바람 나는 메워지는 구덩이 당신의 명령을 달게 받아 번지는 노을이 되겠습니다 동결된 임금이 되겠습니다 당신이 손을 대야 터지는 봉오리가 되겠습니다 내가 고등학생 시절 수신과 체 조를 배우는 여가에 속옷을 찢었을 때 우리의 살에는 능금과 같은 신선한 생광(生光)이 있었어요

어머니가 나를 안고서 죽어가는 아버지를 지켜봐요

나의 사랑은 엠파이어 스테이트 빌딩보다 높은데 보여줄 사랑이 너무 많은 나는 사랑이 꽃피는 나무인데 당신이 아직도 나를 원하기에 죽어가면서 시들어가면서 처음부터 다시 사랑할 거예요 당신이 원하기만 한다면 언제라도 애정은 이글이글 끓어오를 것인데 웃으려 하는데 내겐 근육이 없어요

꿈— 꿈이면 좋겠다 그러나 나는 자는 것이 아니다 누운 것도 아니다

내가 당신을 얼마나 사랑하는지 저녁의 구강에서 피어오르는 붉은 연기처럼 나는 황홀해요 당신은 왜 날 선택했나요 바람의 손가락 들어 얼굴을 만져요 나는 닳고 닳은 쓰레빠 사랑이 이루어질 것이라는 강고한 희망을 질질 끌고 당신에게 구원의 밤을 애원합니다 당신은 범과 같이 건강하니까

사랑이 우리를 사육해요 아버지 이것이 대리만족이
에요

우리 동생은 배달의 기수

누구나 성공할 수 있어요
배달부터 시작했어요
월급이 체불된 후 우리는
골판지가 되었어요 누구나 정리될 수
있어요 이 나라의 룰
우리는 파트타임 러버 네 시간짜리
세상이 합법적이었다면
우리는 더 많이 소유했을지도

텅 빈 해변 키를 넘는 파도
모래에 새긴 **FUCK YOU**
얼굴 위에 우리의 이름을 주기할 수 없어요
응징할 것이 없기 때문에
가출 소년과 소녀들은 홀연
입수할 거예요 비 내리는 날
한 번은 평화가 찾아오겠지요
배달부터 시작했는데 배달통은 우그러졌는데
친구의 얼굴도 울퉁불퉁해졌는데

난 한 푼도 건지지 못했어요
아저씨들이 하드코어를 좋아해

근면이 밥 먹여주나요
잘리지 않으면 되잖아요
누군가 날 취직시켜준다면
끓고 구두라도 핥을 수 있어요
나에겐 사랑이 너무 많은데
아무도 날 사랑해주지 않아요
상황이 나아지면 조금 밝아지면
빨간 오토바이를 타고 물개를 학살하러
우리는 겨울 허드슨만으로 떠날 거예요

타동사 — 확성기 — 자동사

입구는 더러운 침묵 출구는 황홀한 소음
교차로에서 채집된 표본들 행복한 건조대
뼈가 썩어가는 누이의 낯빛
월남치마를 입고 매니큐어를 바르는 오후
이력서 치다가 울고 있는데 그만 왈칵
문이 열리고 후배에게 들켜버린 선배의 웃음
독신자 숙소에서 연어들이 춤을 춘다네
누군가에겐 크림 누군가에겐 크라임
여러분의 오르가슴과 진동 울랄라 일반인들이여
가련한 폴라 베어야 콜라를 끊어라

태양의 풍차 아래 초원의 전사들
바람에 해체되며 현실의 정적인 감각에 도달
14시 청량리역은 고요하지 우리는 누가 뭐래도
시민의 러브 머신 그것도 비정규직
찌라시를 읽는 렌즈 몸을 팔지요 정기적으로
열정적으로 우리의 입은 닫히지 않아요
우리는 우리를 내다 팝니다 노천 광산에서

캐널 무엇이 있다는 듯 열심입니다
쿵쾅거리는 코뿔소처럼 네거리의 메가폰
우리들 괜찮은 종자입니다 고용된다면
충성을 다하리라 황사 바람 몰아치는 네거리에서
수학적 균질성을 유지하며 바이브레이터
우리가 사랑한 모든 이들이 부검되어요
아 아 아 알립니다 알립니다

사랑은 코카인보다

—DJ Ultra의 리믹스: 김소월, 「여자의 냄새」 + The Czar, 「Drug」

나는 접붙이기에 성공했다
나와 당신은 드디어 들러붙었다 홀레붙었다
잡종의 시대는 아름답고 혼혈 미인은 유혹적이다

나는 껴안았어요 우리는 사랑을 나누지요 우리는
녹아들 거예요 혼합될 거예요 과포화용액이 되면 아
무도 우리의 사랑을 방해할 수 없어요 사랑이 우리를
증발시키는 순간도 오겠지요 어우러져 비끼는 살의
아우성 속에서
　당신의 몸이 사라지고 바람은 입술 사이를 오가겠
지요 내 욕망에 당신이 몸을 던진다면 생고기의 바다
의 냄새 가득한 늦은 봄 하늘 밑에서 아기를 다루듯
이 나는 당신에게 사랑을 줄 거예요 다 바쳐서 다 바
쳐서
　당신의 쾌락은 내가 만들어요 손과 혀에 당신이 붙
어 있어요 내게 모든 것을 허락한 비무장의 당신 그
것이 사랑이겠어요 내가 없다면 당신의 사랑도 없어
요 당신이 사라진다면 보드라운 그리운 어떤 목숨은

내 짧은 쾌락은 끝나겠지요

　냄새 많은 그 몸이 좋습니다
　사랑하는 혼혈 미인과 나는
　비린내 번지는 뱃전에서 합체했어요
　바다는 고요하고 지켜보는 갈매기는 흥분하고
　나는 통증도 없고 당신은 눈물도 모르고

　도살장에 끌려간다 해도 사랑을 나눌 수 있다면
　좋아요 사랑이 코카인보다 좋아요
　당신의 사랑의 냄새는 위험하지 않아요

막 태어난 아들의 정치성

속옷을 갈아입고 있었어요 그때 당신의 냄새가 훅
을 날렸어요 상쾌한 아구통 탱탱한 몸통 발광하는 둔
부 때문에 떨었어요 서늘해지기도 했고요

당신은 없었으나 간헐천처럼 사다리꼴 박하사탕을
으적이는 것처럼 펭귄이 부리 벌리고 웃고 있는 제일
파프를 붙인 것처럼

화끈한 원 나이트 스탠드를 기억하고 있어요 입술
은 다물지도 못한 채 당신을 생각하며 솟대처럼 시퍼
렇게 서 있었어요

킹콩이 되었어요 콩의 왕 당당한 짐승의 사랑 영원
한 순정 한낮부터 새벽까지 지속되고 나는 볶이는 콩
알이라서 즐거웠어요

윤리 때문에 물리적 사건의 패턴을 펄스 신호로 바
꾸겠습니까

세계는 원자들의 안정된 패턴이니까 변화가 필요합
니다

어머니, 어머니 내 몸을 만져보세요
오래된 지혜의 보고 당신의 몸이 그리워요

혈액의 비애와 근육의 통증은 차이가 없지요 도약
적 변화와 진화적 도약의 차이 역시 없습니다 단속평
형이론 속에서 나는 당신의 영원한 아들일 뿐이지만
조금 뒤에 나는 쓸모없는 음파가 되어 멀리 퍼져나갈
것입니다 나의 발현 형질은 쭈글거리는 껍질과 짧고
억센 털 당신의 사랑을 붙잡고 싶은 아들의 에너지장
이 흔들렸어요 잠시 후에 복잡 기계의 불확실한 무작
위성 때문에 당신은 신기루가 될 것입니다 비선형 임
계성이 증명되겠죠 나는 목말라 울겠죠 날개를 펼치
고 햇빛을 쬐겠죠 고에너지 진동이 몸을 덥히면 날아
올라 당신처럼 웃겠죠 말라 부스러진 내 껍데기를 쳐
다보면서

당신은 사랑의 자장을 펼쳐놓은 어부
당신에게 걸린 한 마리 물고기

포획이라는 서사의 증거물

물 밖의 고기 아가미에 바늘 꽂힌 물고기

나에겐 잊혀질 것이 잊혀진 것보다 많아요

우체국에서 말뚝에 박히다

터미네이터가 문 앞에서 총을 꺼낸다

흑색 롱 코트를 입은 은발 신사가 5,000통의 편지를 자루에 담아왔다 그는 자동소총으로 위협하며 요금별납 도장을 찍으라고 명령했다 번개보다 빠르게 움직이지 않으면 당장 죽여버린다

한가한 오후의 우체국에 난데없는 벼락이 떨어진 것이다 도장을 찍을 때마다 총 한 방을 쐈다 쾅 빵 쾅 빵 그는 외쳤다

우리 터미네이터들은 한 사람이 자기 노동의 결실로써 획득한 모든 사적 자유와 행동과 자주의 기반이라고 일컬어지는, 비판에 대한 권리를 폐지시키려 한다, 목을 내밀어라 금방 끝날 것이다 고통은 크지 않을 것이다

백주에 잔인한 살인극이 벌어졌다 나는 그의 인상착의를 알고 있었다 그래서 난처한 일이 생겼다 내 뜻과 상관없이 살아남았기 때문에 경찰의 수배용 몽

타주 작성에 나는 적극 협력해야 했다 부역자처럼

그가 들고 온 편지에는 미안하다는 말 한마디뿐이
었다 신남규 죽여서 정말 미안하다 무엇이 미안하다
는 것인가 재수 없는 사람들은 대개가 그렇게 죽는다

그가 복창시킨 말, 나는 기쁘게 해체되었다 나는
슬퍼서 저항할 수 없었다

나는 시종일관 무기력했다 나는 행복하게 억압당했
다 나는 아름다우므로 당해도 싸다 나는 절대로 무의
미하다 나는 지방(脂肪)이다

무고하게 죽어간 사람들의 마지막 유언이 말뚝처럼
박혀 있다 상처는 얼마나 오래 지속될 것인가 우체국
에서 말뚝에 박히다니 살인을 목격하고도 태연하다니
나는 인간인가 기계인가

터미네이터는 일이 끝난 후 휘발유를 뿌렸고 낮게
뇌까렸다 나는 조아렸다 불특정 다수에 대한 테러 아
름답지 않은가 나로 인해 세상이 전복되지는 않는다

나는 다만 징표일 뿐이다

　전해져야 할 사연은 깡그리 불타버렸고 터미네이터
는 사라졌다 연기처럼 바람처럼 소요음영하는 T-600
나는 복종의 방법을 체득하고서 무서운 현실을 되뇐다

　터미네이터가 지금 서울을 배회하고 있다

수제천(壽齊天)

피곤. 불같이 지나간 시간. // 거울을 점령하라. 다른 시공간을 창조하라. 함몰, 겨울 속으로 도망친 자들의 흔적을 핥으며, 떠나간 그녀의 엉덩이를 떠올리며, 방에 든 햇빛을 연주하면서, 한낮의 꿈, 지나간 개 같은 날들의 상판대기를, 따리며 맵게 따리며, 나 어린 딸을 울리며, 나는 절망도 모르고 질주하는 중이오. 기특하시다. 가가멜이 웃는다. 가가호호호. 내 인생의 호호호들. 썬샤인 오브 유어 러브. // 동동하니, 돌아가시오. 유 셸 다이 오어 가시오가피? 헤이 앤젤, 플리즈 슛 미. // 기타가 울어요, 나 대신 울어요. 싸면서, 질질 흘리면서, 팬티도 못 올리고, 노인네는 주책없어. 성욕 때문에 황당무계한 일생. 아들은 말한다. 아바이, 썩, 꺼지시압. 픽, 야윈 아바이, 동무들. // 모여라, 웅웅 하러 가자꾸나, 생이 비리므로 생은 비극이다. 아름다운 아들의 혼돈이 아름답구나. 아름다운 아버지의 아름다운 세탁소가 불타 없어졌구나. // 피곤. 불같이 소멸해버린 시간. // 불같은, 불알 같은, 일생일대의 모험으로, 줄줄이 엮여

들어간 친구들이여, 소멸해버린 우리의 청춘과 우울과 문학적 포즈여. 정치가들이 우리를 아름답게 했지. // 나는 오랫동안 당신을 기다렸다우. 당신의 사랑에 햇빛이 쏟아지네, 노래의 날개 위에 다시 두껍게 햇빛이 달라붙네. 칠갑을 하고. 낮의 고독과 밤의 혼백들에게, 순혈을, 순수의 소멸을, 봉헌하라. // 사랑하는 자들은 오늘도 오들오들 카제인화되고, 5월 어느 하루, 그 무덥던 날, 쓰러진 꽃들의 이름을 외우며, 또라이새끼 종간나새끼, 십종의 새끼들, 모든 새끼들이여, 꼴려 죽는 우주의 패배자들이여, 화혼하라, 심심하면 단결하라, 지치면 그때 혼혈하라. // 이렇게 아름다운 패배를 위해, 우리의 좋아 죽는 자폭을 위해, 오늘도 한 번쯤은 후회하기 위해, 기록될 기록적인 멸망과…… // 그렇다, 이제부터 퇴적이다, 퇴화다. 오늘도 짐(朕)이, 지미가, 지미럴, 럴러바이를, 베이비 플리즈 돈 고, 무브 유어 애시스, 아일 씨 유 인…… 헬, 기타가 빠개지도록 연주하네, 확 빠지도록 짝 찢어지도록, 피눈물 흘리며, 럴러바이를, 바이바이 하며, 나를 위해, 연주하네. // 지미, 나의 짐이, 불꽃을 사랑해서 불꽃이 되어 회(灰)에 이르도록, 5월 어느 하루 뚝 떨어진 목단처럼, 벗겨진 두피와 떨어진 목과, 목을 단, 꽃의 올가미에 걸려 질식사한, 지미는 짐을 지고 짐이 되었네. // 피곤. 불같이 지나간 시간. // 세상이 장난인가 껍데기인가. 나는 나는 껍데기, 돼지의 껍데기. 너희들도 돼지, 돼지의 새끼들. 나는 돼지를 낳아 돼지를 키웠고, 돼지와 한 침대를 썼어. 돼지들이 말하길, 세상이 장난이다. // 그 돼지 맛있겠는데. 드래곤이 말씀하셨다. // 피곤, 불같이 지나간 세월의 피곤. // 피의 세월이 지나갔다. 그동안 한 생명이 한 생명을 거두었다. 머리에 피가 고였고, 복중의 피가 쏟아져 내렸다. 인공 혈액이었다. 나는 돼지의 종족이고, 오징어의 원수이고, 푸른 피를 헌혈할 수는 없었다. // 피곤. 불같이 지나간 시간. // 오랫동안 쓸쓸했고, 오랫동안 혼자였다. // 짐을 놓고 떠나세요. 나를 짐처럼 부리세요. 사용 후 폐기하시렵니까, 흑흑, 폐하. 당신의 더러움 혹은 나의 수치를 입증할 수 없었던, 이 기록적인 침묵에 대하여. // 피곤, 불 같은 피곤에 절며, 흘러내리며. // 그 어느 날의 자장가. 빗속에서 울며, 빨간 집에서, 밤을 가로지르는 배를 바라보며, 사랑하는 아이의, 심장 박동을 들려줄게, 아비야, 조금만 울지 말자. // 피곤. 불같이 지나간.

애정의 접합부
―DJ Ultra의 리믹스: 유치환, 「광야에 와서」+ Aimee Mann, 「Save Me」+ 플라톤

해체되기 위해 결합된 나는 언제나 당신을 그리워해요, 이 그리움 앞에서 겨우 당신을 떠올리는 나는, 당신이 나를 창조하는 기쁨 당신이 나를 조작하는 기쁨을, 잊을 수 없어요

어둠 속 물체들이 젖어들어요, 그것들이 당신이 되는 순간, 내가 그것들을 사랑하는 순간, 당신이 배어나와요, 모든 짐승의 눈빛이 유순해져요

그때 당신은 내 몸의 구조가 되지요, 나의 몸이 당신의 욕망을 번역하지요

그때 하얀 장미는 침묵에 빠지고, 두려움은 내 살이, 인내는 내 뼈가 되지요

하늘을 떼어내세요, 대지를 들어 올리세요, 뿌리를 찾았어요

나의 고독에는 열망이 없어요

다시 바람이 불면 당신과 나는 비틀거리겠지요 당신이 발아시킨 나 맷돌로 갈아버리지요 우리의 씨앗은 하나라도 남겨서는 안 돼요 사랑의 발생은 허구예요

　성난 의자와 벌어진 입술과 바늘 자국 많은 정맥, 이것은 당신 것
　부푼 혈관과 붉어진 피부와 딱딱해진 눈동자, 이것은 나의 것

　나는 당신을,
　무지개의 방식 접이의자의 방식 턱을 괴는 방식 고양이가 눈을 감는 방식 채송화가 채집되는 방식
　무지개가 해체되는 방식 검은 접이의자가 엉덩이를 담는 방식 턱을 괸 당신의 손등 위 정맥이 분기되는 방식 잿빛 고양이가 눈을 감고 웅크리는 방식 채송화가 안개비 내리는 날 흙 속에 씨앗을 숨겨두고 채집되는 방식 그리고
　당신이 내게 말할 때 당신의 시선이 내 몸의 어두

운 곳으로 흘러내리는 방식
　소나기구름처럼 신음하는 방식을
　기억하고 있어요 당신의 시선이 닿는 모든 것
　당신이 만진 모든 것에
　당신이 묻어 있어요

　소년의 물, 소년이라는 쇳덩어리, 비등한다 용해된다,
포옹 후 불타는 소년과 당신은 액체가 된다, 당신의 소
년 시절 육성(肉性)이 많았던 그날들 흩어지는 나날들
속으로
　내가 당신을 지나갔네

　오랫동안, 산맥의 냄새를, 당신의 등뼈가 품고 있
는 냄새를, 잊었군요
　벗으려도 벗을 수 없는 슬픔이 많아졌어요, 당신
때문이에요
　날마다 날마다 고와지는 백골이 되고 있는지도 몰
라요

오늘은 이레째 암수(暗愁)의 비 내리고, 그리움이
나의 오랜 침실을 노략하여
　당신 아닌 숱한 얼굴만이 드나드는 유리문 너머가
보이지 않아요
　당신은 물같이 까딱 않는데

　당신이 날 구원할 수 있나요 당신이 날 사랑할 수
없다는 것을 누가 의심하겠어요 당신은 라듐처럼 나
를 파먹었어요

　사랑받는 자는 아름답고 고상하고 완전하고, 사랑
하는 자는 더 아름다워지고 고상해지고 완전해진다
그리하여
　당신은 애욕을 불태워 아들을 낳았고, 영생과 추억
과 행복을 확보했다 그리하여
　나는 당신에게 굴종하였고, 나는 당신이 인간 세계
에서 없어지면 좋겠다고 생각했고, 그래야 잊을 수
있으니까요, 그러나

만일 당신이 사라지게 되면, 나는 더욱 슬퍼지리라
는 것을 잘 알고 있어요, 그래서

아무도 보지 않는 곳에서 나와 당신은 체조도 하였
고, 자주 레슬링도 했어요

나는 그날 밤 당신과 함께 잤습니다만, 아침에 일
어나보니, 아버지와 잔 것과 다름이 없었습니다, 방
에서 잔 사람은 나뿐이었습니다

독수리에게 먹히면서
바람에 난도질되면서
당신은 풍화되는 중이에요

형벌

——DJ Ultra의 리믹스: Lamb Of God, 「Walk With Me In Hell」 + 조영남, 「물레방아 인생」 + 정지용, 「조찬(朝餐)」

사랑은 깊어져도 실행할 길 없는 이념, 노래는 흘러나왔지만 몸을 적시지 못하고, 빗나간 우리는 돌아가지 못한다네, 사랑이여, 잘도 도는 차돌 맷돌이여, 정의 없는 세상 길 가다 피곤한 몸 쉬었다 가는데, 만나자 이별이지만 이별이 서러워 돌고 도는

물레방아처럼 몸을 잃고 노래를 잃고 사라진 나의 주인이여, 나는 당신을 불러 형해라도 만져보려 하는데, 지옥의 끝에서 다른 지옥이 열리는 광경을 지켜봐요, 철조망을 온몸에 두르고 끓는 기름 솥 앞에서 두려움에 물든, 타락에 몸을 두고 온, 떠돌이 당신

절구에 찧고 빻아, 물레방아 돌려 돌려 당신을 바수었지만, 나를 버린 당신 대신 나는 껍질 벗겨져 소금밭에 뒹굴고, 당신은 어느 날 다시 나를 이용하여 행복을 느낄 테지만, 양지쪽에 쪼그리고 서러운 새 되어 흰 밥알을 쪼아 먹느라 나를 외면하는 당신 대신, 염라왕이 나를 부릴 거예요, 우리는 더럽혀졌어요

레이캬비크

우리는, 고독 속에서
꽃을 두드려 울음을 얻으려 했고.

우리는 사랑으로, 연명하였고
그 무엇도 사랑이 될 수 없는
오후, 동안
우리는 공동의 하품.

우리를 위한, 반도는 가뭇없이
우리의 패망은, 흔적 없이.

국가를 위해, 또 무엇인가 한다
우리는 또, 하혈한다.

우리는 소멸 앞에서
조금 가벼워지고, 가려워지고, 가여워지고.

찢어지지도 않은 채

사랑하는 우리, 공동들
무연한 액포들.

이루어질 수 없으니까
우리에 대한 도덕적 연민이니까
꿀꺽 밖에서, 우리는 쓸쓸하다.

오염될 수밖에
그것이 살아 있다는 증거
우리의 긴 하품 동안,
외계는, 우미해지겠지.

우리는 입을 맞대고
서로의, 꿀꺽이 되겠지.

사랑의 종말

　　—DJ Ultra의 리믹스: 나미, 「빙글빙글」 + 서정주, 「부활
(復活)」

　어떤 눈물은 달지 않습니까 당신의 피는 때로 달콤
하지 않습니까 부서지는 폭포 앞에서 빛은 얼마나 연
약한지 (그저 바라만 보고 있지)

　손가락을 빨며 뒤돌아서 그림자 쪽으로 달려가는
아이도 부패의 힘에 굴복하고 당신의 어깨를 애무하
는 바람도

　폭파된 KAL기처럼 돌아오지 않을 것입니다 그것이
미래입니다 정치적인 암흑 앞에서 나는 사랑의 열목
(熱目)을 보여줍니다 유나! 유나! 유나! 모두 다 내
앞에 오는구나

　배를 찢고 당신이 나옵니다 (그저 바라만 보고 있
지) 에이리언 같습니다 나는 숙주 당신을 죽이지도
못하고 젖 물릴 수도 없습니다 그때

　나의 눈물은 달지 않습니까 나의 사랑은 닳지 않습

니까 나는 꼴통입니다 보름달을 가르고 당신의 얼굴
이 나타납니다 탯줄도 없습니다

빠삐용 당신이 탈출합니다 (그저 바라만 보고 있지)
나방은 날지 못합니다 어떻게 하나 우리 만남은 빙글
빙글 돌고 포집기 앞에서 유나! 유나! 유나!

눈물은 육체의 모든 것을 산화시킵니다 피 한 방울
이 두렵습니다 당신이 떨어뜨린 눈물은 여울져가는
저 세월 속에

해변의 연가

사랑의 실패는 허무, 허물어지는 육체, 아, 당신은 누구시길래, 아, 당신을 허무는 허공의 헐거운 태양, 갇힌 채, 당신과 나의 밤은 핫 나이트, 내가 찾은 것은 눈물 없는 이별, 햇빛의 낙차 따위, 파도가 지닌 물주름의 수 따위, 환상 앞에서 깨갱거리는 현실 따위, 실존의 방어막을 해체하라, 당신은 내게 명령하네

썬 오브 어 비치, 저 태양은 카리브에서 도망쳐온 것, 푸른 고래는 도스토옙스키가 택배로 보낸 것, 쟁명하는 들꽃처럼, 흰 나타샤처럼, 누드로 선탠하는데, 당신은 태양인가 봐요, 햇빛을 이겨 내 등에 그림을 그리는 당신에겐 오일이 없고, 우리는 해변에서 정사 중, 버트 랭카스터의 수영복을 벗기는 파도의 입술, 밀려드는 당신의 혀, 귀가 간지러워요, 썬 오브 어 비치여

써머 비치의 파라솔 밑, 나는 줌 업되며, 블로우 업되며, 프라이팬 위의 팝콘처럼, 틱 티리릭 틱 탁, 블

루 스카이에 뭉게구름을 생성시키는 바람의 붓질, 파
도의 블로 잡, 누드 비치의 썬, 썬들, 오늘은 웃자 웃
자, 어둠을 축출하자, 창공에서 뛰어내리는 청년들,
청년들, 입수하기 전에, 나는 당신을 클로즈업, 당신
은 재킷을 벗어, 휘리릭 어깨에 걸고, 해변의 아들을
구원하러 걸어오고

　누드 비치에선 국수를 먹어요, 물결치는 면발처럼,
찰랑대는 파도처럼, 파에서 솔로 한 발 내디뎌요, 당
신은 곧 누드 비치에 도착, 기립한 겨울 백화처럼 나
를 껴안겠죠, 누드로, 해변의 아들을, 해변의 태양을,
태양이여, 대양이여, 마르지 않는 사랑이여, 이 땅은
여전히 어두운데, 마지막의 타인처럼, 날름거리는 파
도처럼, 썬 오브 어 비치, 비치는 당신의 육체, 끝도
시작도 없는 복종이 즐겁네

낙원으로 갑시다

— DJ Ultra의 리믹스: Demis Roussos, 「Tropicana Bay」
+ 이탈로 칼비노, 『보이지 않는 도시들』

음악은 만나면서 이별하는 사랑, 귀에 흘러든 순간
사라지는 질서, 저곳에 다시 음악이 발생한다, 당신
도 그렇게 우리를 만났다

이곳은 종교가 없는 곳, 이곳은 증거를 강탈당하는
곳, 거짓말은 커지고, 커진 것은 성욕이고, 애인은 늘
어나고, 늘어난 것은 형량

모서리를 돌면 → 워프 → 우리는 당신을 만나러
가는 중이에요, 이 나라의 우울, 이 사회의 광기, 모
두가 속삭여요, 고해하고 빨리 떠나세요

이곳은 상처가 많은 곳, 이곳은 신심이 거래되는
곳, 사랑은 고려하지 마세요, 증명하세요, 죄를 매매
하세요, 신부의 죽음을 기억하세요

그리고 우리를 쳐다보는 엄마들의 즐거운 눈물을
망각하세요, 우리는 이산가족을 찾기 위해 장벽을 넘

다가, 표적이 되었어요 담장 위에서, 총구를 볼 때,
프리덤!

음악을 잃는 것은 사랑을 까는 일, 사랑을 잃은 후
에 다시 잃어버리는 음악, 죄의식을 버린 후에 외쳐
요, 종교보다 자유! 종교보다 음악! 음, 음/(군사분
계선 같군)/악, 악이 필요해요

지 지 지 베이비 베이비 지 지 지 직

우리는 가쁘게 노래해요, 일몰 동안 신은 침대에 페
브리즈를 뿌리고, 뮤즈는 물티슈를 뽑고, 천사 제이슨
은 기타를 치고, 우리는 그 누구도 선택하지 않아요

근대 이후, 이 나라의 슬픔을 기억해요, 그렇기 때
문에, 우리의 영혼이 음악 이외의 다른 영양분이나
자극을 원하지 않을 때, 대한민국 국민인 우리들은
묘지를 찾아갈 테야요

세르게이 이바노프

잔디를 파먹은 단발의 충격
1톤의 회전 운동이 시작된다

항아리 속 간장처럼
중력장에 걸린 위성처럼
육체는 일렁이고 육체는 경련한다
살이 물 풍선 같다

시선이 꽂힌다
벨크로 입술이 틀어진다
그는 기합과 함께 둥글어진다

쇠공 같은 눈동자들 하늘에 박힌다
쇠를 낳고 쇠를 튕겨내는 그가
물레 위의 점토처럼 비틀거린다

쇠를 끄집어내는 겸자
쇠를 밀어내는 산부(産夫)

검은 공이 허공에 물려 있다
금속이 접안(接眼)한다

도넛은 왜

동그라미에 당신이 갇힐 때
도넛은 어디에서 출현하는 것인지
당신의 입술이 내 입술에 닿을 때
내 입과 당신의 입이 사슬 될 때
우리는 수갑이 되는 것인지
공동의 혀가 되는 것인지
모두의 얼굴에서 도넛 도넛
기포가 발생하는데
입술은 치아를 포식하네
검은 안면에 착상된 입술의 홀랄라

보도에서 발이 빠질 때, 어머
입술과 눈이 동그라미를 구성할 때
나와 당신이 두 개의 모음으로 축출될 때
ㅗ ㅜ ○ ○ ∞ ≡
입술 밖의 감탄사 입술 사이의 휴전선
아래위의 입술이여 커지는 구멍이여
당신이 나에게 말을 줄 때

수집광 당신의 입술은 언제나
도넛 도넛
총구의 화약 연기처럼 흘러내리는
어둠 속에서 나는 꽃을 피우고
당신은 손가락 빨며 기갈 기갈

입술 밖 달콤한 선율의 영혼들은 도넛은
왜 날아다니며 나를 가두는가

육체 배웅

슬픔을 던져버리기 위해
오래된 꿈을 말소하기 위해 춤을 추는
써머 나이트 시티 소나기와 함께 오사카 역에
내려요 사랑에 절어 소금 기둥이 되어도,
사라진 거리의 모퉁이처럼.

옷깃을 당긴 듯하여 돌아보면 바람과 그림자뿐
정물이 되어 인파에 묻히던 그대라는 절망
위에 내 목 위에 그대의 얼굴이
얹힌 오후의 목구멍을 넘어오던
조각난 햇빛 푸시식 나는 연소되는데.

붉은 손가락을 매단 채 떠나는 무쇠 열차
담배 연기 한 모금이면 현실이 지워진다
키스 앤드 세이 굿바이 나의 사랑을 위해
파충(爬蟲)의 살갗으로 울지 않기 위해 오사카 역은.
(I love you I want you 더 이상 무슨 말이 필요해)

자주 목격되는, 끝없이 반복될, 낡고 서글픈
폴라로이드가 내미는 혓바닥 위의 연인.

줄어든 사람의, 계피 향, 망각의 속도를 연산하며
나는 한 발 내딛는다 기차 덜컹
건반 같은 침목의 쿵쾅쿵쾅을 끌고
그대가 나를 공중에 매장한다
전진하는 기적에 매달려 나풀거리는 머플러의
풀려 휘발되는 청록 뒤에서
고개를 내밀고 입 맞추는 그대는
바람의 속도로 부식되는.

순장

── DJ Ultra의 리믹스: Alice In Chains, 「Man In The Box」 + 백석, 「함주시초(咸州詩抄)」

내 몸이 썩는 것을 지켜보고 있어요 당신이 떠났기 때문에 구원도 사랑도 믿지 않았어요 꽃이 시들지 않아요 슬픔에 불붙이지 말아요 둥둥 울리는 북소리가 당신의 발걸음 소리라 해도 이번 생의 만남을 믿지 않아요 (우리들은 가난해도 서럽지 않아요) 나를 구할 수 있는 것은 아파트 꼭대기에서 흘러내리는 게으른 그림자뿐이겠지만

느리게 전진하는 저 나뭇잎과 돌아눕는 자의 표정조차 내게는 두려움이에요 할 수 있는 일은 경련에 빠진 손을 옷걸이에 걸어두는 것뿐 그림자가 갈고리에 관통당하는 순간 소리 없이 우는 일뿐 당신은 이리로 와요 (우리들은 외로워할 까닭도 없어요) 언덕 위의 삼나무 밑으로 나를 데려가요 당신을 아프게 하지 않기 위해 다른 사람인 것처럼

인질처럼 옆구리 한쪽을 허물고 있어요 실수한 자의 낯빛으로 당신을 안으며 울어요 (누구 하나 부럽지

도 않아요) 상자 속에 누워 더 이상 당신을 깨물 수
없다고 당신은 이미 사라졌다고 천천히 뇌지만 염장
된 물고기 당신은 살과 피로 나를 녹여버린 다른 기
쁨 당신의 포스트잇에 나는 기록되었어요 내가 그리
로 갈 거예요 뚜껑을 닫아줘요 (우리들이 같이 있으면
세상 같은 건 밖에 나도 좋을 것 같지요)

유쾌한, 언니 언니

언니야 세계는 즐겁고 아름다워

한배에 기숙하여 같은 부끄러움에 익숙한 우리

언니가 사과를 깨물자 우리는 얇은 향기가 된다

파랗게 젖은 언니 검정을 이고 태양 쪽에서 걸어온다

언니 언니 입을 맞춰줘 언니 언니 일곱 단어로 말
해줘

살아서 사랑하여 아름다워지고 노랗게 이어지는 노
래를 부를게, 나의 응대

짝퉁과 말종의 입술로 대답할게

언니 언니 나의 언니 청치마에 붉은 땡땡이 블라우
스를 입고 골목 입구에서 렌즈에 흡착된 나의 언니 나
는 카메라야 렌즈 속으로 들어가 언니를 만나려 해 언
니의 웃음을 허공에서 캐내려고 해 언니의 토깽이 앞
니가 빛나 언니와 함께 언니의 골목을 빠져나오다가

나는 박힌 못처럼 입을 다물고 간절한 기계처럼 깜
박이고

검은 뼈다귀의 벌어진 입속으로 들어가면서

갈갈 찢어지면서

흰 물살처럼 흘러드는
바이 바이 손 흔드는 언니
없는 마당의 오전을 거니는
수척한 빗방울

콘크리트와 고양이의 이력

그믐달 뒤편으로 영혼은 사라졌네
우리는 불투명한 벽을 응시하지만
별을 쓸어 담는 어둠과 더불어
손톱이 뭉툭해지는 순간을 맞이하고
너를 응시하자 네가 만져지고
너는 내 몸 어느 곳의 기숙생

비린내를 발산하는 단백질이여 육체여
우리의 원리는 너무나 끈끈한 증오
골목 끝 찰랑이는 어둠에 비명에 담벼락에
갈려 절반이 사라진 얼굴
너의 볼과 입술과 이마를
검은 구멍 속의 꺼져가는 불빛에 투척하네

밤이 오자 우리 고양이들은 발라진다네
벽에서 웅덩이에서 동시 발생하는 눈
우리들의 핏자국과 스크래치
스파크, 부탄, 펑, 펑, 펑
휘발하는 고양이들

트리니티Trinity
──DJ Ultra의 리믹스: 이광수, 「흙」

어떤 날의 광휘는 내가 평가할 수 없는 것이라네, 그렇다면 더 큰 혼란을 반복하라, 사라진 자의 얼굴을 깨고 유골을 바수어 허공에 매장하는 자 누구인가, 그것을 사랑이라고 하지 말게나, 사랑은 죽음 후의 역능, 역적의 표정으로 비굴하게 살아가시게, 이(理)를 모르고 치(治)를 경영하는 자의 어둠을 우리가 처음부터 사랑한 것은 아니었고, 우리는 대대로 적의 혈통으로 묶인 비극의 시종, 후회와 성찰의 기회를 부정하고, 어떤 날의 공허 속으로 진주하여 세파를 뒤집어쓰고 노숙하는 자의 얼굴을 본 듯한데, 내가 노후한다

*

만약 선생님이라면 어떤 태도를 취할까요, 선생님 같으면 1) 사랑과 의무의 무한성 2) 섬기는 생활 3) 개인보다 나라, 이러한 근본을 대한민국에서 고민하겠지요, 사랑이란 무한하지 아니하냐, 의무도 무한하

지 아니하냐, 아내나 남편이나 자식이나 동포나 나라에 대한 사랑과 의무는 무한하지 아니하냐, 그렇다하면 한 사람을 사랑해서 안사람을 얻었으면 그가 어떠한 허물이 있더라도 끝까지 사랑하고 따라서 그에 대한 남편으로서의 의무를 끝까지 아니 끝없이 지켜야 할 것이 아니냐, 또 섬기는 생활이라 하면, 우리가 진실로 동포에 대하여 나라에 대하여 섬기는 생활을 해야 한다 하면, 우선 사랑하는 사람에 대하여 섬기는 생활을 먼저 하여야 할 것 아니냐, 아니다 나는 남편도 아니고 아내도 아니고 국민도 아니다, 벌레가 돼버린, 벌레일 따름인 나는 시민이기 이전에 개인이고 개인이기 이전에 독자(獨子)이고 독자이기 이전에 단자(單子)

*

개인과 민족과 국가의 삼위일체적 운명에 대해 선생님께서는 뭐라고 말하실까, 궁금은 풀리지 않은 채

이 밤을 넘겠지만, 우연하게도, 비밀의 표정을 선생님께서 독해(毒解)하실지도, 나는 우리의 해답이지만, 나는 우리라는 영원한 물음을 봉인하고 적설의 무게 밑에 매장하고, 주저앉는 회색 하늘을 온전히 지탱하고, 나에겐 신념이 없고, 최초부터 지금까지 머리는 가벼웠으니, 욕정이 날 드라이브시키는 것도 순리, 내가 서 있는 저녁 창가의 고유한 시간은 사라지고, 다시는 복기되지 않을 시간을 건너가는, 허공을 기어가는 눈들을 불러 모아 말한다, 사랑해, 나의 수많은 파편들을 사랑해, 찢어진 나조차 낯선 아침이 오겠지, 나는 조만간 후멸하겠지, 내 몸 위에는 발자국이 찍히겠지, 그것이 내 생의 문양이겠지, 선생님 밟으소서

개구기(開口器)

유리창을 투과하는 햇빛의 목소리

고등학생, 남학생, 쾌활한 점심의 음파

성대의 어둠이 하얗게 벌어지는 소리들

어제의 일과는 리플레이 중 저들은 명태처럼 발랄

하고

나는 창 안에서, 덕장의 물비린내를 동결시키는 바

람의 흰 털 앞에서

바스라진다 두고 온 만화책 어젯밤의 수음

꽁초를 밟으며 톱니바퀴처럼 소음을 생산하고 싶

겠지

10대의 열대(熱帶), 빠따 10대

담장 아래 장미가 피었다

그들은 세계를 꽃으로 채워 넣으려 찾아왔다

생명 있는 것이 나를 아프게 한다

그녀는 살아서 장미의 난장을 바라볼까

(세계를 시의 꽃으로 문질러줘)

((우리는 벌리는 자들, 우리는 말을 부리는 자들))

왜 그렇게 짧게? 나는 '왜'에 먹힌 '짧게'에서 빠져
나오지 못한다
　꽃송이마다 안면, 고기만두 같은 꽃송이
　입술 사이에서 어둠이 새어 나온다
　혓바닥이 날갯짓한다
　나부터 망치를 들어야 한다

　기계와 피가 결합된다 병원에서는
　기계가 사람을 살린다
　혈관에 꽂힌, 꽃핀, 금속 위에는 흘러내리는 핏방
울, 해삼처럼
　꿈틀거린다 입을 벌린다

　나는 생살의 맛을 모른다 이곳에서 그곳으로 흘러
간 사랑을 확인하기 위해 내게 필요한 것은 영혼의
판매? 나는 아직 수복되지 않았는데
　증오마저 사라지는 순간이 온다 당신과 나의 하루
에는 빈틈이 수북하다 비유로 맞붙이는 접복(摺服)이

싫다 기다림이 번식시키는 내가 분주하다

무성(無性)을 향해 기어오르는 6월의 식물들이 소
리지른다 나로부터 다른 세계로 이동하는 식물들의
느린 포복을 읽는다 괴멸 안에서 그들은 아름답다

물속에서, 잔인한 수압의 화음을 들으며 나는 부패
한다 뭉개진 얼굴을 옆에 두고 나는 찬란하다 당신을
견딜 수 없는 일, 그 일로부터, 먼 사랑에 이르기까지
번복하고 반복하고 또한 부복하여, 다시 견디기 위해
오늘에 이르렀다

이 모든 혼란부터 사랑하고 육체를 망각하고 나부
터 고발하자 의미를 폭파하기 위해 의미의 분말 위에
기름을 붓는다 끼룩끼룩 울며 날아가는 남빙양의 물
새처럼 떨어져 나간 산 위에 앉아 운다

내가 유실되는 순간 자유는 쇄도하고 나는 그것을
굴종이라 부르고 나의 증발을 자축하며 깨금발로 깡
총거리며, 스카이콩콩처럼 명랑하게, 이것을 나는 혼
란이라 멸칭(蔑稱)한다 그리하여 사랑은 포진(疱疹)
같은 것

헌혈을 하고 초코파이를 먹고 잠시 후에 (누)나를
닮은 바람의 향취를 흡입한다 이곳과 저곳 사이에서
길이 휘어진다

미지(未知)

　　거짓이므로 거짓이겠지 다른 거짓이 거짓으로 인도
하겠지
　　반복되겠지 거짓이 거짓을 위하여 거짓을 거짓으로

　　견디는 일은 쓸쓸합니다
　　견디는 일은 수성(水性)의 다짐입니다
　　견디기 위해 나는 팽이가 될 것이고요
　　견디지 않기 위해서라도 팽이가 되려고 해요
　　쓰러질 때까지 울고 말 것이에요 울고 울고 울고
말 것이에요
　　멈추는 순간 나는 으깨지겠어요 초원과 훈풍이 눈
물을 고갈시키겠어요

　　파닥이는 것은 무엇에서 비롯되었을까요
　　물의 주인은 바람일까요

　　겨울부터
　　겨울부터 겨울의 끝까지

바람은
쉬지 않고 바람은
마르지 않고 흘러내리며
소진을 기다리며
조금 더 야위며
우리를
지켜봤어요

우리
바닥의 눈동자들

흠향(歆饗)

—DJ Ultra의 리믹스: 한용운, 『님의 침묵』

당신이 적의 깃발인가 봐요. 옛 맹서는 차디찬 티끌이 되었어요. 더 세게, 조금 더 세게, 나를 다스려줘요. 통통한 당신의 꿈을 사랑합니다. 몽상의 살냄새를 끌어당겨요. 거짓 눈물로 박자를 맞춰요. 얼마나 달콤하던지, 으깨진 살구처럼, 얼마나 많이 쏟던지. 5월의 햇빛은 녹음의 건축술, 내 모든 사랑의 파괴술. 자연의 가운데에는 당신의 짝이 될 만한 무엇이 없습니다.

우리가 배운 사랑의 기술을 지우고, 다시 사랑하기 위해 완벽하게 완벽하게 말살시키고, 어제의 당신을, 지금까지 나를 사랑했던 당신의 사랑을 거짓이라 고발하고, 다른 날 다른 사람을 사랑하기 위해, 오늘의 당신과 키스를 나누고, 몸은 이별하지만 마음은 떨어지지 않는, 새로운 이별 양식을 실험합니다. 진정한 사랑은 간단이 없어서 이별은 애인의 육(肉)뿐이에요.

오늘 밤, 나는 묵향이 되어 그쪽으로 날아가겠습니다. 흔적도 없이 사라지겠습니다. 갑자기, 갑자기 나

의 사랑이 단단해지는 것 같은 착각에 진입하면서,
나의 무의식 한 자락을 펼쳐놓는 당신의 광명을 감지
하였지만, 나는 다시 벌레가 되었습니다. 당신을 기
다리면서 괴로움을 먹고 살이 찝니다. 벌레의 울음을
울기 위해 여기까지 온 것인데…… 미명(未明).

그러나 그 이후의 고통에 대하여

1

아무것도 할 수 없는 자여
기다릴 수도 없는 자여
그때 나는 울음 속에서
쇠잔해져 눈을 감는 지친 어둠이 되리
커지는 흑점이 되어 동공을 채우리

그때 나는
고요를 다스리며
또다시 속겠지
또다시 먼지의 무게에
전율하겠지

비애를 소등하라

2

나의 육체로 이 땅과 이 거리를 배우고
생활을 습득할 수 있을까
육체 속에 생활이 스며들까 말이다 육체는
생활이 되어 행복해지는 것일까 자장면이 붇고
바나나가 갈변 진행 중이고 먹고 씻고 입고
나가야 한다 폭풍같이 걸어가자 거리의 음울
속에서 나는 향기로워지지
당신과 조우하는 거리
즐거운 지옥에서

3

Durchhalten*
완벽한 수동성만이 아름답다

끝까지 견디자
견디기 위해 나를 소거한다

    4

기다리는 자의 지극(至極)의 밤
나는 치욕을 끌어안고서도 울지 않는다
울 것이 너무 많기 때문이다

검은 눈물을 기다리기에 멸망의 시작을 목도해도
나는 울지 않는다 액체를 증오한다
땀의 주인과 피의 노예를 부인한다

이것은 무엇일까 이 세계는 왜 여기에서 파괴될까

5

증오의 힘으로 할복하라

6

돌출한 내 몸을 회수한다 다른 힘이 나를 지배한다
나는 발본된다
　바다가 파도를 전송한다 대양이 땅을 뱉어낸다
　내 몸이 바깥의 피를 빨아들인다 식물 속에서 인간
을 도려낸다 어둠 속에 비명을 밀봉한다

　사랑하는 사람의 육체를 집어넣는다, 흥강에, 열린
문 너머의 햇빛 속에, 벌레를 내장한 나무 속에
　입을 벌리고, 삼킨 후, 따스한 어둠 속으로 미끄러
져 들어가는, 위를 통과하여, 믹서의 날에 찢긴, 육체
의 열기

175

7

나는 기적을 믿지 않네 그리고
나는 기록할 수 없는 사랑을 기적적으로 견뎌왔네
견뎌내야지 견뎌내야지 얼룩진 채로 얼룩진 채로

소멸에 대하여 내 몸속의 다른 목소리들에 대하여
쾌락과 중독과 운명과 패배에 대하여 투쟁과 신념
의 괴멸에 대하여 그리고
나를 고통에 물들게 했던 아름다우나 아름답지 않
은 피폭당한 사랑의 최후에 대하여
혼자 듣는 죽음의 음률에 대하여 돌아온 영혼들의
뭉개져 사라진 육신에 대하여 나는

기록한다 배꼽 위의 대패를 호두 옆의 망치를 구멍
난 두개골을 나는

나 자신도 모른 채 어제의 노을을 잊기 위하여
사랑 이후의 빈(貧)과 탐(貪)을 위하여
당신의 고단한 하루를 위하여 나를 모멸하기 위하여
쓸쓸한 절벽처럼 단단해진다 쉼 없는 고통이 나를
잠들게 하지만 이것도 기록한다

한 방울 눈물 같은 여자를 다시 사랑하기 위하여
다시 울게 하지 않기 위하여
동결된 눈으로 응시한다
나의 조용한 패배

내가 사라지자 세계가 변하였다
싸움이 끝났다 (Durchhalten!)

눈을 떠라
이제는 포기할 때가 되었다

---

* 파울 클레→마종기→

역진화의 시작

사랑을 위해 모든 것을 포기할 것 미래를 향해 돌진할 것 새는 온몸을 날개로 바꾸어 운동할 것 다른 것은 지울 것 점화된 새는 머리 위의 해를 삼키고 그림자 갉는 미친 바람의 노래 그 유정한 선율의 은빛 날개를 넓게 펼 것 비단 폭 아랫도리를 스칠 때 온몸의 구멍을 열고 뛰어내려 다른 멍의 멍이 되고 또한 큰 멍 속의 구멍이 될 것 멍 밖의 멍으로 돌아가 구름과 달과 별이 사라진 자리 다무는 바람의 입 너머 생멸하는 어둠 밖으로 머리를 내미는 새의 선택은 오로지 날개 방향은 하늘

부드럽게 금속을 파고드는 황산처럼 하늘을 에칭하는 새는 근육에 붉은 바람을 불어넣어 대기에 한 방울 피의 수평 궤적으로 응결될 것 이빨도 제거할 것 뱉어내어 먼지의 퇴적 안으로 밀어넣을 것 온몸의 깃털을 바람의 거스러미가 되게 할 것 뜯겨나간 바람의 비늘과 파쇄된 햇빛의 박편을 몸에 두르고 날기 위해 새는 신체를 고독에 봉헌하고 태양의 프로펠러를 장

착하고 지상에서 영원으로 추락할 것 아름다움을 위
해 바람과 빛의 힘살을 선택할 것 이제 새는 허공의
둥근 묘혈 안에 거주하는 부동의 점

영구시작론
──진화를 거스르는, 사랑의 혁명적 순간들

강 동 호

1

　자신의 시대를 위기로 진단하지 않는, 궁핍을 모르는
시인이 어디 있겠냐만 이 위기가 극단적 니힐리즘의 형태
로 좀더 심층에서 내면화되는 시점이 있다면, 한국의 경우
분명 2000년대를 지목하지 않을 수 없을 것이다. '97년
체제' '포스트-IMF 시대' 등 그 명칭이 어찌되었건 간에,
'지금-여기'의 현실이 혁명은커녕 자신의 골방 하나 사수
할 실존적 여력마저 소진당한 허무의 공동(空洞) 같은 곳
이라는 패배 의식이 확산되었다는 것은 꽤 자명해 보인다.
최소한의 부정 변증법이 작동될 여지조차 잃어버린 세계는
어느새 우리의 역사가 진보의 임계점에 도달했음을 씁쓸하
게 증명하는 중이다.

장석원은 2000년대의 시인들 가운데에서도 유독 이 실패에 대한 자각과 그로 인한 우울의 정서가 두드러지는 시인이었다. 그의 시가 뿜어내던 마력을 기억하는 독자라면 그의 시에 대해 말하기 위해서는 이렇듯 바닥 모를 폐허의식의 전위적 파괴력과 정서적 장악력을 우선 떠올려보지 않을 도리가 없을 것이다.

　　나의 일부였던 것이 사라지고 있다
　　시원은 어두운 주름이었다

　　그것이 나를 왜곡시키고 나를 해석한다
　　나는 노예이므로 굴종에 쾌감을 느낀다
　　미래에 사랑이 이루어지고 행복엔 날개 돋을까?

　　개좆 같은 진보, 개좆 같은 진보주의
　　미래라구?

　　(confusion will be my epitaph. I'll be crying……)

　　과거에 묶이는 일이 죄인가

　　〔……〕

선언하리라 나를 파괴할 권리
셀프 킬러, 킬링 필드, 올드 필드

[······]

옛날에 나는 한열이를 위해 혈서 썼고
불사파는 형님을 위해 단지했다네
단지 했을 뿐이라네, 단지 해 있을 뿐이었네
사랑해선 안 될 사람을 사랑하였기에
단지 소멸할 뿐이라네
사랑뿐이네
──「악마를 위하여」 부분(『아나키스트』, 문학과지성사, 2005)

한 귀퉁이에 눈이 생긴다
나는 바깥을 본다
갇힌 동물은 없다
어둠이 나를 핥는다

칠흑을 뿜어내는 음악과
별빛보다 엷은 소음 앞에서

당신에 대하여
당신에 대하여

사랑 후의 떨림에 대하여

당신의 얼굴로 살아갈 다른 오후에 대하여

현명한 노인처럼……

　　—「적막」 부분(『태양의 연대기』, 문학과지성사, 2008)

　그간 장석원이 상재한 두 시집의 첫 시들에서 각각 그 일부분을 가져와봤다. 첫 시집 『아나키스트』의 경우, 그 제목이 꽤 분명하게 공표하고 있듯, 장석원의 시적 에너지는 우리를 강제하고 있는 어떤 (이념적·사회적·미학적) 질서 자체의 완전한 붕괴를 현시하는 데까지 나아갔다. "개좆 같은 진보, 개좆 같은 진보주의"라고 말하며 미래를 믿지 않는 나의 태도는 "혁명이 아름답던 은유의 날들"(「젊고, 어리석고, 가난했던」)이었던 지난 시절에 대한 우울한 회고와 더불어 "미래를 열어보이겠다고 호언하는 방사능 동위 원소 같은 존재들"(「동방의 서점에는」)에 대한 공격적 냉소에서 기원하는 것이었다.

　물론 이 시집의 미학적 성공을 견인했던 힘은 이 모든 공격성을 전방위로 분출하는 충동의 언어에 있었다. 그의 언어는 소멸로 귀환함으로써 소위 시간성 자체를 말소해버리려는 "정주를 거부한 nomade"(「젊고, 어리석고, 가난했던」)의 아나키즘적 테러에 비견될 만했다. 그러나 충동에 몸을 맡기며 시를 쓴다는 것은 단순히 의식의 흐름에 따라 되는대로 말을 내뱉는 것과는 구분되어야 한다. 무엇보다 그의 언어적 투쟁은 의식의 자유가 인도하는 대로 무의식의 기슭에 가닿겠다는 어떤 기획의 소산이라기보다는, 차라리 그 무의식의 뿌리와도 한판 일전을 벌임으로써 그것을 시원의 혼돈으로 되돌리겠다는 뜨거운 의지, 즉 완강한 자기 소멸의 충동("나를 파괴할 권리")에 가까운 것이기 때문이다. 이 충동을 일으키는 전위적인 언어 구사가 과거에 나는 열사를 위해 단지(斷指)했으나, 이제 단지 사랑을 위해 단지 사랑을 할 뿐이라는 전향적 태도와 만나면서, 거부하기 힘든 허무주의적인 매력을 머금게 된다.

그러나 어찌 완전한 아나키즘이 시의 목표가 될 수 있겠는가. 카오스가 그저 카오스로만 존재할 때, 그것은 또 다른 맹목적 우상이 되어버리기 마련이니 말이다. 장석원의 시에서 그러한 텐션 제로의 완전한 무(無)로 귀환하는 것을 제어하고, 또 다른 삶의 기미를 모색하도록 인도하는 조력자가 바로 '사랑'이었을 것이다. 장석원의 두번째 시집 해설에서 조강석이 예리하게 짚어냈듯이, 이 모든 과정이 실은 '당신'을 사랑했던 자의 자취였음을 자각하는 회귀의 드라마가 전면화되기에 이른다. "바깥"이 나를 주시하고, "어둠이 나를 핥"는 것을 감지함과 동시에 내가 지금 석양이 깔리고 적막이 감도는 오후의 광장에 서 있다는 사실이 새삼 자각되었던 것이다. "사랑 후의 떨림"이라 했거니와, 그렇게 그 모든 이질적인 것들의 혼재를 드러내는 재귀의 연대기가 기록되었으므로, 이제야 우리는 새롭게

드러날 시인의 사랑을 기대해본 것이었는데…… 어찌 된 영문인지 세번째 시집 『역진화의 시작』은 너무나도 담담해서 오히려 불길하게 느껴지는 소식 하나를 전하고 있는 것이다.

  잘 지냈는지 나는 죽은 듯하이
  이곳의 우리는 드물어지고 퉁퉁 불어가고
  수상한 바람이 지나가는 날들
  우리는 이곳에서 그곳으로 움직이는 중인데
  나의 밤은 추억 쪽으로

  과거가 넘실거리는 밤의 창가에서
  자네를 떠올리네 나는 나를 매우 잘 잊고
  자네가 나를 보고 싶어한다는 전갈 푸르스름하군
  우리는 임종 후에 전시된 미라에 불과하다네
  애인은 일찍 잠들어 깨어날 것 같지 않고
  애인을 바라보는 마음의 평온함과 감격
  눈물마저 증발시키는 신비한 마술

  우리에게도 신성이 찾아왔다네 이 말은
  반복 같군 나는 이렇게 재현될 뿐이라네
  내 그림자를 쳐다보기 바란다네 내 얼굴을
  기억하기 바란다네 어떤 날은 기적과

사랑이 실현될 것이고 어떤 날은 죽음보다

낡은 절망이 우리를 끌고 갈 것이지만

나는 지금 자네를 그리워하네

——「시름과 검은 눈물」 부분

위 시의 화자는 오랫동안 퉁퉁 불어버린 시체의 몸뚱이 같은 날들 속에 수장되어 있었다. 애인은 잠들어 마치 영원히 깨어날 것 같지 않고, 그 잠든 애인을 바라본다 해도 그간 시인의 충동을 이끌었던 '사랑'의 감정 또한 마술처럼 증발해버렸으니, 그저 "과거가 넘실거리는 밤의 창가" 앞에서 "추억 쪽으로" 의식이 갈피를 겨우 잡을 뿐이다. "전시된 미라에 불과"하다는 비유와 더불어 그간 장석원이 드러내었던 폐허 의식을 고려해볼 때, 위 시는 최후에 이른 현실 속에서 죽은 듯이 살아가고 있는 인간의 좀비 같은 역사를 비관적으로 은유하는 것처럼 읽힐 수 있다. 그런데 이렇듯 불길하게 적막하기만 한 시적 공간에서, 시적 화자의 살아 있음을 증언하는 유일한 밑천으로서의 "자네"에 대한 그리움이 작용하고 있다. 그러나 이 그리움 속에 배어 있는 멜랑콜리적인 정서가 단순히 상실된 과거로의 귀환을 목표로 하는 것이 아님은 분명하다. 위 대목에 이어 제시되는 마무리 연의 이미지는 이 그리움이 그렇게 단순하게 생각될 수 있는 성질의 것이 아님을 예감케 하니 말이다.

기록된 모든 것을, 문신의 요철을, 혀로 탐색하며
자네가 읽은, 털도 없고 냄새도 없는, 백색 소음에 용해된
그 몸은 나를 두려움으로 물들이겠지
바람의 관절을 애무하는 나무들의
순응하는, 부드러운 균열을 바라보네

　　　　　　　　　　　──「시름과 검은 눈물」 부분

　만약 절멸의 검은 구멍에 이미 진입한 이라면, 무엇 때문에 구태여 "두려움"을 또 느끼겠는가. 그렇다면 이미 죽은 듯한 나를 다시 두려움으로 물들이는 "그 몸"은 죽음에 직면한 위 시의 화자를 다시 회생의 예감으로 이끄는 어떤 가능성일 수 있지 않겠는가. 독자가 이 예감에 물든 것에는 근거가 없지 않다. 그것은 바로 마지막 두 행에서 적시된 이미지들이 만들어내는 묘한 긴장 때문이다. 즉 바람에 흔들리는 나무를 묘사하는 화자의 의식에 이상한 의지가 재충전되고 있다는 것이다. 조금 더 구체적으로 말하면 여기에는 바람에 의해 흔들리는 나무라는 일반적인 물리 법칙을 따르지 않고 그것을 거꾸로 "바람의 관절을 애무하는" 나무로 묘사하고자 하는 화자의 소망이 들어 있다는 뜻이기도 하다. 다소 의아하게도 장석원은 이를 법칙에 불응하는 사태로 보지 않고, "순응하는, 부드러운 균열"로, 이런 말이 가능하다면 불응하는 순응으로 바라보는 중이

다. 흡사 이것은 추억 쪽으로 향해 있는 죽어가는 자의 시선 속에, 어쩌면 물들어 있을지도 모를 또 다른 기미를 환기하고 있는 것이기도 하다.

그러니, 장석원에게 세계와 역사 그리고 인간이 진정 최후에 도달한 존재들이라고 성급하게 결론을 내리지는 말자. 나는 죽은 듯하나 엄밀히 말하면 아직 죽은 것이 아니며, 나의 애인 역시 영원히 잠든 것이 아님을 기억하자. 그러고 보면 이번 시집의 제목 역시 '역진화의 시작'이 아니었던가. 물론 시집의 모든 텍스트들이 표제가 천명한 특정한 입장을 일사불란하게 따르고 있다고 생각하며 시집을 읽는 것처럼 우매한 일도 없지만, 새로운 삶('시작')을 공시하는 것 같은 이 제목이 장석원의 시를 비관적 냉소와 멜랑콜리의 수렁에서 건져내고 있다는 것도 무시할 수 없는 사실이다.

그렇다면, 소멸(『아나키스트』)과 재귀(『태양의 연대기』)를 거쳐 밤의 창가에 도달한 시적 주체에게 이 신생의 가능성을 주입받을 수 있는 에너지의 근원은 어디에 있는가. 미래에 대한 또 다른 기획의 모색? 형식주의자로부터의 전향을 선언하지 않는 이상 이 시인에게 그것이 가당키나 하겠는가. "문제는 마르크스도 사회주의도 아닙니다/문제는 인간의 이성을 기반으로 한 더 많은 계획"(「더 많은 계획」, 『태양의 연대기』)이었으니 말이다. 여전히 "희망마저 우리를 지치게 만드는 썩어버린 육체의 날들"(「락스를 풀자」)이니, 우리가 가담할 만한 희망의 내용이 어디에 남아 있겠는가.

2

그렇다면 미래에 설정된 목적에 저당 잡히지 않은 상태에서 새로운 삶의 계기('부드러운 균열')를 잉태하는 것은 어떻게 가능한가. 장석원의 이번 시집을 이 물음을 해결하려는 뜨거운 편력기로 읽는 것은 예상보다 흥미로운 결과를 도출할 수 있다. '미래파'로 불렸던 일군의 시인들의 시를 단순히 난해함으로 회피하거나 그 형식적 새로움을 네거티브한 방식으로 치장하는 것은 어느 정도 익숙하므로, 거꾸로 이들의 시를 포지티브하게 맥락화하는 것도 지금 시점에서는 유용한 일일 수도 있겠다는 뜻이다.[1] 우선 '역진화'라고 했으니 다음 시를 실마리 삼아 이번 시집이 말하는 '진화'의 윤곽을 더듬어보자. '진화'라는 말이 이 시집에서 몇 번 등장하진 않지만 그것이 장석원의 시적 세계와 그의 역사철학적 사유를 지탱하고 있는 중요한 요소라는 사실을 납득할 수 있을 것이다.

---

1) 이런 예감이 가능한 것은 장석원의 시적 태도에 어떤 전환이 마련되었기 때문이기도 하지만, 독자의 편에서 볼 때 오늘날 그의 시를 의미론적 계기들과 결부시킬 수 있을 만큼 독서의 여유를 확보했기 때문이기도 하다.

우리는 진화한다 우리의 감성과 지성은 상호 배반으로 조
화를 이룬다 세계를 염습하듯 (열심으로 열심으로) 우리는
우리를 가공한다

순국과 애도와 이별을 포장해서 열심히 열심히 속이기에
바쁘고 속이기로 작정하고 우리는 적응할 것이고 (이 은하에
서) 살아갈 것이고 빛나는 미래로 나아갈 것이고 우리는

단결해서 국난을 극복할 것이고 민족의 위상을 드높일 것
이고 그래서 적당한 몸이 필요하고 우리를 달굴 신념을 생산
해야 하고 (생산은 행복, 생산은 아름다움) 온전하게 한번 사
랑도 못 해본 나는 아직 그 슬픈 뜻을 알지 못하고

멸망의 조짐을 먼저 읽은 자에게 형벌을! 질서를 위협하
기 위해 뱀의 혓바닥을 내민 자들을 단두대로! (깨지듯 아파
지더라도) 조국을 위해 세계를 위해 체제의 발전을 위해 우
리는 우리를 매장하고 슬픔도 모른 채 만장을 들고 괄약근에
힘을 주고

이겨내자 견뎌내자 발맞춰 나아간다 죄와 벌을 배낭에 넣
고 결사항전의 자세로 임전무퇴의 정신으로 고난의 행군을
시작한다 (우리 승리하리라) 우리는 우리를 조져야 한다
　　　　　　　　　　　　　　　　──「가소성(可塑性)」 전문

진화란 무엇인가. 생태계의 형성 논리를 설명하기 위한 다윈의 '진화론'이 동세대 허버트 스펜서의 '사회진화론'이라는 이상한 이론으로 도용된 이후, '진화'라는 단어는 생존 투쟁의 논리를 통해 구현되는 역사 발전적 세계관을 이데올로기적으로 합리화하는 비유적 레테르로 악명을 떨쳐왔다. '진화'라는 말을 들었을 때 곧바로 '발전'을 떠올리는 이유가 그 유구한 오용의 역사 때문인데, 그러나 본래 엄격한 의미에서 '진화'가 발전이라는 의미와 직결되는 것은 아니다. 자연은 그저 스스로 그렇게 존재할 뿐인데, 이와 관련하여 어찌 인간적 기준의 좋고 나쁨을 논할 수 있겠는가. 자연의 질서에 자유 의지가 있을 수 없듯 진화의 논리에 본래 필연적 방향성 같은 것이 개입될 여지는 없는 법이다. 같은 맥락에서 진화론은 그저 우연하게 조성된 생태계와 그 환경 속에서 살아가는 종들의 생존 메커니즘을 기능적으로 설명하는 사후적 설명법일 뿐이다.

그러나 아이러니하게도, 정확하게 이해된 진화론이 인간의 역사 발전 법칙으로 비유될 때 (오늘날의 많은 사회과학 이론들이 그러하듯) 더욱 난감한 보수적 결론으로 빠질 위험이 있다. 이를테면 자연이 그러하듯 세계 역사도 아무런 목적 없이 진행되었으며, 그저 스스로의 생명을 보존하고자 하는 개체들의 자기 적응적 태도가 우연히 세계를 구성하게 되었을 뿐이라는 기능주의적 설명만이 적용될 수 있다. 존재하는 것은 다만 환경에 적응하려는 개체들의 미시적 행위이며, 그것만이 유일한 필연성이다. 세계는 이 필연성이 축적된 우연적 결과에 지나지 않으며, 이렇게 우연적으로 구성된 세계가 다시 환경처럼 인간들에게 제공된다. 그러므로 여기서 세계와 인간 사이에서 발생하는 조화는 순환적이기 때문에 그 어떤 변화의 가능성도 내장할 수 없다. 여기에는 알튀세르가 말한 역사적 클리나멘이 일어날 기미도 보이지 않는다. 세계가 이 모양인데, 왜 혁명이 일어날 조짐조차 없는가. 정치학자 아담 셰보르스키Adam Przeworski의 고민이 이것이었고, 그래서 그는 그 이유를 자신의 안전을 도모하는 합리적이고 계산적인 인간 자체에서 찾았다. 혼란과 불확실성을 두려워하는 인간이기에(노동자조차) 우선 자신의 안위가 최우선이니 굳이 기대 효용이 낮을 수 있는 혁명에 삶을 걸지 않는다. 역사의 진정한 최후는 소비에트의 몰락에서 온 것이 아니라, 모순을 잃어버린 인간들이 우세종으로 득세하는 상황, 즉 인간의 몰락에서 온 것이다. 때문에 니체도 일찍이 이와 같이 탄식했던 것이다. "슬프다! 인간이 더 이상 별을 낳지 못하는 때가 오겠구나! 슬프다! 자기 자신을 더 이상 경멸할 줄 모르는, 경멸스럽기 그지없는 인간들의 시대가 오고 있다!"(『짜라투스트라는 이렇게 말했다』) 이 모나드적monadic 존재들이야말로 인간의 최종 진화형, 이른바 최후의 인간일 것이다.

다소 길게 우회했거니와, 이를 바탕으로 표면적으로 기술되어 있는 내용을 따라가보면, 앞의 시는 "이겨내자 견뎌내자 발맞춰 나아간다"와 같은 프로파간다에 길들여져 "조국" "체제의 발전" "민족" 따위의 이데올로기적 기표에 맞춰 "열심히 열심히" 자신을 적응시킬 수밖에 없는 이 시대 주체들의 수동성을 조롱하는, 복화술적인 텍스트로 읽힌다. 스스로를 향한 경멸을 잃어버린, 그야말로 경멸스럽기 짝이 없는 인간들, 살아가는 데 있어 그 어떤 모순의 계기를 발견하지 못하는 이른바 영특한 백치들의 목소리를 흉내 내는 것이다. 가소성이라고 했거니와, "슬픔"도 "사랑"도 잊고 자신을 학대하면서 생존 법칙에 걸맞은 자본주의적 기계인형으로 변형시키면 될 뿐이다.

그것이 전부인가? 단순히 그렇게 말하기에는 석연치 않은 것이, 이상하게도 "결사항전"과 "임전무퇴"의 정신으로 스스로를 무장하고 "고난의 행군"을 선포하는 저 목소리로부터 기묘한 향락이 느껴지기 때문이다. 확실히 그것에 주목할 때, 묘하게도 이 시의 수동성은 정반대로 읽힌다. 이를테면, 세계가 부여하는 적응 메커니즘에 기꺼이 응하려는 주체의 욕망을 초과하고, 진화론적 메커니즘의 내파를 개시하는 도착적 수동성으로. 즉, 위 시의 시적 주체의 과잉 진술은 단순히 자기 비하를 감행하기 위한 반어적 수준에 멈추는 것이 아니라, 오히려 역사와 개인 주체 사이에서 결성되어 있는 평행적 관계를 순간적으로 어그러뜨리는 힘을 품고 있을 수도 있다는 뜻이다.

덕분에 1연의 "우리의 감성과 지성은 상호 배반으로 조화를 이룬다"라는 진술은 더욱 의미심장해진다. 이 상호 배반은 그 자체로 변화를 가능케 하는 어떤 틈, 혹은 "순응하는, 부드러운 균열"의 조짐일 수 있기 때문이다. 현실에 스스로를 적응시키려는 주체의 과잉 결단이 결과적으로 "우리는 우리를 조져야 한다"라는 자기 학대의 결의로 주체 자신을 내몰고 있다는 것이 그 징후이다. 장석원의 시적 화자가 자기를 조지겠다고 말할 때, 그는 그저 위악적으로 스스로를 위장하는 중이 아니다. 위 시의 화자가 강박적으로 "세계를 염습하듯" "매장" "만장" 등 죽음을 환기하는 단어들과 시구를 대동하는 까닭도 그러한 맥락에서 이해될 수 있거니와, 삶을 위한 투쟁이 아이러니하게도 자기 파괴와 죽음이라는 결과를 촉발할 수 있다는 의미이다.

"세계는 원자들의 안정된 패턴이니까 변화가 필요합니다"(「막 태어난 아들의 정치성」). 그러니까, 이 변화의 계기가 번뜩이는 클리나멘의 시점은 "우리는 우리를 조져야 한다"라고 말하는 순간이라 하지 않을 수 없다. 왜냐하면 그것은 세계의 안정된 패턴을 근본에서부터 어긋나게 만들 수 있는 최소한의, 그러나 근본적인 가능성이기 때문이다. 또한 이는 감성과 지성의 상호 배반, 혹은 목적과 결과의 상호 충돌이 역설적으로 새로운 형태의 변화 가능성을 의도치 않게 잉태할 수 있다는 것을 환기한다. 위 시에서는 장석원 시 특유의 난교(亂交)를 벌이는 듯한 시적 이미지와 언술 들의 배치가 표면에 드러나지는 않지만, 자기 학대에 가까운 외설스러운 충동이 그 이면에 운용된다고 할 수 있을 것이다. 이처럼 서로 반대되는 것처럼 보이는 힘들의 병존이 장석원 시에서 사유의 긴장을 빚어내는 기원을 이룬다.

친구야 후배야 선배님 그리고 동지들 남자와 여자 모두 하나의 세포로서 밝은 내일을 위해 서로의 육체를 헌납해야 합니다 물질의 밑바닥에서 물질이 됩시다

나를 먹는다면 그래서 살아난다면 나는 기꺼이 한 근의 엉덩이가 될 텐데 나의 징벌은 그것인데…… 꽃에라도 먹히고 싶다 　　　　　　　　　—「이 순간의 열기를 기억하라」부분

우리 집은 빌라라니까요 옥상에서 뛰어내려도 다시 빌라 한번 시도할까요 상자 속의 상자 망치 속의 망치 반동 속의 반동
스프링 상수 K 어떤 살의 탄성 계수 E 육체와 건물의 포개진 체위 　　　　　　—「빌라 빌라 그런데 빌라」부분

스스로를 한낱 '물질 밑바닥의 물질' 따위로 축소하려 하고, "꽃에라도 먹히고 싶"다 말하며, "옥상에서 뛰어내"

리려 시도하는 등, 이처럼 자기를 고통의 한가운데에 밀어넣으려는 반동물적인 행위 기제는 이 시집의 전반에 걸쳐 손쉽게 목격되는 성질의 욕망이다. 주지하듯, 이러한 모든 소망들은 인간의 쾌락원칙을 넘어서 있는 것들이다. 말하자면 이것들은 죽고 싶을 정도로 고통스러운 무엇인가가 있다는 사실에 대한 심리적 두려움과 더불어 한 번쯤은 그 고통의 끝 간 데에 도달해보고자 하는 은밀한 욕망이 함께 동거함을 증명한다. "상자 속의 상자 망치 속의 망치 반동 속의 반동" 같은 이미지는 이번 시집에서 아주 전형적으로 관찰된다. 그것은 앞서 말한 그 고통의 끝 간 데에 도달했을 때 발견되는 또 다른 에너지의 벡터라 할 수 있겠다. 그러한 점에서 그의 시 텍스트들을 제어하고, 또 날뛰게 만드는 이 쌍방향의 운동성, 즉 작용과 반작용의 힘이 에너지의 운동태를 보여준다. "스프링"이나 "탄성 계수" 같은 것 모두 이처럼 존재의 변화('가소성')와 보존('탄성')을 만들어내는 계기가 동시적으로 존재하고 있음을 일컫는다. 이러한 힘이 중요한 것은 그것을 계속해서 감각하고 되살리는 것이, 너무나도 완고해서 허무하기까지 한 세계 속에서 장석원의 시적 주체가 견디듯이 살아가는 한 방편이기 때문이다.

거짓이므로 거짓이겠지 다른 거짓이 거짓으로 인도하겠지
반복되겠지 거짓이 거짓을 위하여 거짓을 거짓으로

견디는 일은 쓸쓸합니다

견디는 일은 수성(水性)의 다짐입니다

견디기 위해 나는 팽이가 될 것이고요

견디지 않기 위해서라도 팽이가 되려고 해요

쓰러질 때까지 울고 말 것이에요 울고 울고 울고 말 것이에요

멈추는 순간 나는 으깨지겠어요 초원과 훈풍이 눈물을 고갈시키겠어요

　　　　　　　　　　　　　　　　　　　—「미지(未知)」부분

지랄탄처럼 성탄의 첫눈처럼 우리는

살아 숨 쉬며 마멸을 견디며 버텨왔다

그를 위해 오늘밤은 톱이 되기로 한다

　　　　　　　—「괴멸을 위하여, 트윈스를 위하여」부분

그러므로 장석원은 무엇인가를 견디기 위해 팽이가 되려고 하고, 반대로 견디지 않기 위해서도 팽이가 되려고 하는 것이라 해도 무방하다. 이것은 모순인가. 이 상호 배반적인 의지의 공존은 분명 모순이지만, 사실 이 모순을 이해할 때에만 비로소 시인이 말하는 인간학적 진실의 한 단면이 드러나는 법이다. 이렇게 요약할 수 있을 것이다. 인간에게 오로지 개체를 보존하고자 하는 욕망만 있는 것은 아니다. 때로 인간은 그 스스로의 육신을 파멸의 수준

으로 이끄는 충동을 쉽게 거절하지 못한다. 계속해서 자신을 회전시켜야만 간신히 중심을 잡을 수 있는 팽이의 지난한 운동처럼 "살아 숨 쉬며 마멸을 견디며 버"틸 때, 비로소 장석원의 시적 변증법이 시작된다고 할 수도 있을 것이다. 이 진퇴양난의 상황이 과거와 미래의 이중 구속으로 찢겨나갈 수밖에 없는 오늘날의 주체의 상황을 적시한다면, 양방향으로 뻗어나가려는 에너지를 기꺼이 승인하고 감내하려는 의지로부터 장석원의 시적 희열이 발생한다. 나아가, 결론을 미리 당겨 말하자면, 이 시적 희열이 바로 "진화의 고리"(「밤의 반상회」)를 끊어버리고 영원히 오지 않을 것 같을 혁명의 불씨를 점화시키는 착화점이다. 이미 눈치 챈 독자도 있겠지만, 이것이 시인에게는 모두 다 사랑으로 이어진다. 기억을 떠올려 보니 과연 시인은 이렇게 썼던 적이 있다. "re-volution, 다시 회전하면, 그대와 내가 벌인 사랑의 육박전"(「지난해 ○○여관 때로 △△여관에서」, 『아나키스트』). 말하자면 혁명은 계속해서('re') 회전운동('volution')을 통해 끝없이 존재를 혼란의 육박전 속으로 밀어 넣으려는 사랑의 운동에 다름 아니다. "최후의 화염이 되기 위해 너와 나는 바퀴 맹렬하게 회전하는 우리의 심장은 가솔린"(「말보로 레드 유니언」)이거니와, 우리가 시인이 노래하는 사랑에 귀를 기울이지 않을 수 없는 이유가 바로 그것이다.

3

    한국 현대 시사에서 사랑과 혁명을 동일한 의미론적 지평에서 다루었던 계보의 시원은 분명 김수영의 「사랑의 변주곡」이다. 김수영이 "욕망이여 입을 열어라 그 속에서／사랑을 발견하겠다"고 선언하고, "사랑을 만드는 기술을 안다／눈을 떴다 감는 기술——불란서혁명의 기술／최근 우리들이 4·19에서 배운 기술"이라 말하며 사랑의 기술과 혁명의 기술이 다르지 않다고 규정해버릴 때, 그리고 마침내 우리에게 "사랑을 알 때까지 자라라"는 주문이 도착할 때 우리는 그 두 영역 사이에 존재하는 심연을 가볍게 건너뛰는 시인의 드넓은 정신적 보폭과 거대한 스케일에 우선 매료되지 않을 수가 없었던 것이다(김수영, 「사랑의 변주곡」, 『김수영 전집』, 민음사, 2003, p. 343). 그런데 이러한 김수영의 시가 내뿜고 있던 매력에는 환상적인 요소가 없지 않다. 그러한 맥락에서 우리는 이 시가 "우리말로 씌어진 가장 도취적이고 환상적이며 장엄한 행복의 약속"을 보여준다는 유종호의 평가에 완벽히 동의할 수 있는데, 바꿔 말하면 그의 시가 독자에게 선사한 강렬한 미적 쾌감의 원천이 곧 부성적 목소리가 직조해낸 주술적 숭고함 같은 것에 있다는 뜻이기도 하다(이 시가 아버지가 아들에게 건네는 예언적 텍스트라는 것을 기억하자). "아버지 같은 잘

못된 시간의/그릇된 명상"에서 벗어나 "사랑에 미쳐 날뛸" 그 날이, 그러니까 진정한 혁명의 개화기가 후대에 도래할 것이라는 말은 거의 초인의 예언에 가까워서, 우리에게 광대하고 찬란한 내일에 대한 신비와 환상의 빌미를 제공하고, 마침내 독자의 마음을 미래를 향해 들끓게 만들 수 있었던 것이다.

하지만 오늘날처럼 이미 역사의 최후를 고려해보지 않을 수 없는 시대에는, 혁명의 가능성을 미래의 어느 시점으로 투사해버리는 사랑의 노래를 김수영처럼 반복할 수 없을 것이다. 다소 삐딱하게 생각해보면, 김수영은 명목상으로는 사랑을 후세의 유산으로 물려주었으나 실은 미래에 대한 맹목적 기다림의 임무를 전가한 것인지도 모른다. 사정이 그러하니, 지금의 시인에게 사랑은 미래의 일이 아니라, 현재의 일이어야 하지 않겠는가. "사랑에 미쳐 날뛸 날"이 올 것이라고 했거니와, 장석원의 시에서는 말 그대로 사랑에 미쳐 날뛰는 기괴한 장면이 도처에 널리기 시작한다. 김수영의 드넓은 자장 아래에 놓여 있다는 점에서 장석원은 여전히 그의 후계자를 자처할 만하지만, 독자가 듣기에 장석원이 김수영의 사랑을 변주하다 못해 완전히 새롭게 리믹싱해버린 것처럼 느껴지는 것은 그 때문이다. 백문이 불여일청일 테니, 연속해서 몇 소절 들어보라. 이 현행화된 사랑의 광시곡들은 이토록 언캐니하다.

내가 당신을 얼마나 사랑하는지 저녁의 구강에서 피어오르는 붉은 연기처럼 나는 황홀해요 당신은 왜 날 선택했나요 바람의 손가락 들어 얼굴을 만져요 나는 닳고 닳은 쓰레빠 사랑이 이루어질 것이라는 강고한 희망을 질질 끌고 당신에게 구원의 밤을 애원합니다 당신은 범과 같이 건강하니까

사랑이 우리를 사육해요 아버지 이것이 대리만족이에요
——「비극의 기원」 부분

당신이 나를 버리지 아니하면 나는 복종의 백과전서가 되겠어요 나의 절망을 당신이 이해하여 더욱 탐닉한다면 청빈의 얼굴로 당신을 읽겠어요 나에게 입을 맞추며 더 많은 사랑을 요구할 때 나는 당신을 사랑한 나를 죽이겠어요 당신의 사랑의 동아줄에 휘감기는 체형도 사양하지 않겠어요
——「님과 함께」 부분

당신이 적의 깃발인가 봐요. 옛 맹서는 차디찬 티끌이 되었어요. 더 세게, 조금 더 세게, 나를 다스려줘요. 통통한 당신의 꿈을 사랑합니다. 몽상의 살냄새를 끌어당겨요. 거짓 눈물로 박자를 맞춰요. 얼마나 달콤하던지, 으깨진 살구처럼, 얼마나 많이 쏟던지. 5월의 햇빛은 녹음의 건축술, 내 모든 사랑의 파괴술. 자연의 가운데에는 당신의 짝이 될 만한 무엇이 없습니다.　　　　　——「흠향(歆饗)」 부분

나는 접붙이기에 성공했다
나와 당신은 드디어 들러붙었다 흘레붙었다
잡종의 시대는 아름답고 혼혈 미인은 유혹적이다

　나는 껴안았어요 우리는 사랑을 나누지요 우리는 녹아들
거예요 혼합될 거예요 과포화용액이 되면 아무도 우리의 사
랑을 방해할 수 없어요 사랑이 우리를 증발시키는 순간도 오
겠지요 어우러져 비끼는 살의 아우성 속에서
　당신의 몸이 사라지고 바람은 입술 사이를 오가겠지요 내
욕망에 당신이 몸을 던진다면 생고기의 바다의 냄새 가득한
늦은 봄 하늘 밑에서 아기를 다루듯이 나는 당신에게 사랑을
줄 거예요 다 바쳐서 다 바쳐서
　당신의 쾌락은 내가 만들어요 손과 혀에 당신이 붙어 있어
요 내게 모든 것을 허락한 비무장의 당신 그것이 사랑이겠어
요 내가 없다면 당신의 사랑도 없어요 당신이 사라진다면 보
드라운 그리운 어떤 목숨은 내 짧은 쾌락은 끝나겠지요
　　　　　　　　　　　　　　—「사랑은 코카인보다」 부분

　다이너마이트처럼 폭발하듯 연쇄적으로 쏟아지는 이 사
랑의 고백들은 어째서 섬뜩한가. 장석원이 디제잉하는 사
랑 노래에는 쾌락의 경제를 가볍게 무시해버리는, 그야말
로 강박적인 충동의 움직임이 가득하다. 이 충동은 끊임없

이 자신에게 학대를 가하고, 스스로를 "사육"함으로써 당신으로부터 "대리만족"을 얻으려는 수동적 자세를 이끌어낸다. "더 세게, 나를 다스려줘요"라고 말하는 화자의 태도는 흡사 마조히스트의 그것을 닮기도 했다. 이렇듯 당신의 쾌락 속에서 나의 쾌락을 발견하려는 이 도착적 욕망은 "사랑의 동아줄에 휘감기는 체형도" 마다하지 않게 만들며, 심지어는 자신의 죽음을 기꺼이 받아들이게 할 만큼 그 정도가 강하다. "사랑과 공포는 나를 압도하고, 나는 눌려 신음하면서, 여전히 당신을 기다리네 잊지 못하네 더욱 사랑하게 되었네"(「육체 복사」). 사랑으로 나를 압박하고 모독하고 위해를 가하는 섬뜩한 "사랑의 파괴술"인 것이다.

언캐니한 요소는 이것뿐이 아니다. 시인의 파괴적 사랑은 성적 정체성을 교란하면서 그로테스크함을 한층 배가시키는 데까지 이른다. 장석원이 사랑을 갈구할 때 김소월, 한용운 등 소위 사랑하는 임에 대한 지고지순한 여성적 순종을 보여주었던 남성 시인들의 목소리를 도착적으로 오염시키는 이유는 그 때문이다. 요컨대 장석원의 언어는 남성의 언어도, 여성의 언어도 아니다. 이것은 여성적 형식(복종)을 띤 남성의 언어(폭력성), 말하자면 일종의 자웅 동체의 언어다. 그렇지 않은가. 남성 시인이 여성 화자의 복종적 목소리를 흉내 낼 때, 그것은 그리 섬뜩하지 않을 것이다. 진정 견디기 힘든 것은 이러한 복종의 자세를 아주

극단적으로 밀어붙이면서 그것을 자기 형벌의 수준으로까지 끌어올릴 때이다. 사랑하는 그대에게 모든 것을 드리겠다는 말이 그저 수사가 아니라 현실에서 이행될 때, 그러니까 임에 대한 나의 복종을 급진적으로 수행해버릴 때, 그것은 이제 남성도 여성도 아닌 끔찍한 비인간의 언어가 되어버린다. 아니, 더 정확히 말하면, 인간 속에 내재되어 있는 비인간성, 즉 괴물성의 언어이다. "배를 찢고 당신이 나옵니다 (그저 바라만 보고 있지) 에이리언 같습니다 나는 숙주 당신을 죽이지도 못하고 젖 물릴 수도 없습니다" (「사랑의 종말」). 설상가상으로 이 미친 사랑의 노래가 계속해서 리플레이되니, 이것 참 기괴하다.

전화가 걸려 왔다
드디어 올가미에 걸린 것이다
출두 명령
머리를 내미는 거북이
머리를 내어놓으면 구워 먹힐 것이다
내 머리는 결별을 모른다

당신이 처음 나를 만졌을 때
사랑도 모른 채 전율했던 나는
거부당한 자의 표정으로
의자에 묶여 있었다

금붕어의 입으로 진술하면서 나는
용의자의 의미를 깨달았다
──Fuck the police

당신은 으르렁거리고
나의 목을 조르고 애원하고
사랑하지 말라고 협박했다
──Fuck the police

한 대 더 때리면
나는 나를 갈갈이 찢을 것이다
나는 당신의 터진 꽃이 될 것이다

　　　　　　　　　　　──「소환과 초대」 부분

"내 머리는 결별을 모른다." 그러니, "사랑하지 말라고
협박"해도 애원을 해도 소용이 없는 것이다. 이것이 진정
사랑인가. 이런 것이 사랑이라면 너무 끔찍하지 않겠는가.
그러나 이러한 장석원의 사랑을 예외적인 충동으로만 치부
하는 것은 충분하지 않다. 내 앞에서 "나를 갈갈이 찢"고
"당신의 터진 꽃이" 되겠다는 화자의 충동에는, 그리고 나
아가 이러한 파괴 충동이 곧 사랑의 행위("Fuck the police")
에 다름 아니라는 화자의 생각에는 사랑과 관련된 일말의
진실이 있다. 왜냐하면 사랑에 대한 일반의 평범한 기대와

달리, 이 예외적 폭력성이야말로 실은 우리의 평범하고 일상적인 욕망을 지속적으로 쇄신하게 만드는 중요한 요소일 수 있기 때문이다. 같은 맥락에서 프로이트에게 죽음 충동의 실마리를 제공한 정신분석학자 사비나 슈필레인Sabina Spielrein은 자신의 기념비적 논문 「생성의 원인으로서의 파괴」에서, 일찍이 모든 성적 재생산sexual reproduction과 관련된 욕망은 왜 때때로 불안과 불쾌라는 자기 학대적 정념 속에 드리워질 수밖에 없는지를 질문한 바 있다.[2] 사랑은 때로 대상에 대한 폭력적 증오와 함께 동반되는 경우가 있거니와, 이러한 면모는 임상학적으로는 물론이고, 각 민족의 신화에서도 구조적으로 발견되는 인간학적 특징이다. 그녀에 따르면 이 자기 학대적 행위는 궁극적으로는 자기 파괴self-destruction 충동으로 이어지는데, 이러한 공격성은 무목적적인 것이 아니라 실은 주체를 폐기하고 완전히 새로운 존재로 탈바꿈하게 만들고 싶은 소망에서 비롯된 것이다. 요컨대 이런 것이다. 인간은 왜 누군가를 사랑하는가. 그 사랑이 나를 완전히 새로운 인간으로 태어나게 만들 계기를 제공하기 때문이다. 이러한 탄생의 재경험을 위해서라면, 이미 존재하고 있는 주체를 파괴하고 궁극적으로 폐기해야 한다. 그러니 그 과정에서 죽음에 대한

---

2) Sabina Spielrein, "Destruction as the Cause of Coming Into Being," *Journal of Analytical Psychology 39*, London : Wiley-Blackwell, 1994, pp. 155~86.

두려움과 불안이, 새 삶에 대한 기대 속에 불순물처럼 깃들 수밖에 없다. 같은 이유에서 죽음에 대한 두려움 속에도 어떤 매혹이 없을 수 없다. "사랑은 죽음 후의 역능"(「트리니티Trinity」)이다. 반대로, 죽음에 이르는 자기 파괴의 과정 자체가 사랑이 태어나는 전조인 것이다.

　이 모든 혼란부터 사랑하고 육체를 망각하고 나부터 고발하자 의미를 폭파하기 위해 의미의 분말 위에 기름을 붓는다 끼룩끼룩 울며 날아가는 남빙양의 물새처럼 떨어져 나간 산 위에 앉아 운다

　내가 유실되는 순간 자유는 쇄도하고 나는 그것을 굴종이라 부르고 나의 증발을 자축하며 깨금발로 깡총거리며, 스카이콩콩처럼 명랑하게, 이것을 나는 혼란이라 멸칭(蔑稱)한다 그리하여 사랑은 포진(疱疹) 같은 것

───「개구기(開口期)」 부분

　그러니 사랑이라는 사건 속에서 자유와 굴종은 곧 하나다. 우리는 언제 진정으로 사랑을 느끼는가. 어느 날 갑자기 닥쳐온, 나 자신도 제어할 수 없는 충동 앞에서 스스로의 무기력을 인정하는 순간 우리는 비로소 누군가를 사랑한다고 말할 수 있다. 그러니, 사랑은 주체가 마음대로 선택할 수 있는 대상이 아니라 차라리 병("포진")과 같이 완전히 수동적인 상태를 뜻한다. 이렇게 사랑에 빠진 것과

병든 것이 다르지 않으니, 사랑을 주체의 굴종이라 칭해도 무방하다. 그러나 역설적으로 그것은 자유가 번뜩이는 순간이기도 하다. 당신에게 도래한 사랑을 양보하지 않을 때 비로소 그간 당신이 믿어왔던 한 세계의 의미가 완전히 붕괴되고 소용이 없어지며, 소위 "혼란이라 멸칭"될 수 있는 새로운 시간이 펼쳐지기 시작한다. 그리고 바로 이 부분이 이른바 "진화론의 고리"를 끊어버릴 수 있는 "순응하는, 부드러운 균열"을 이룬다.

4

사정이 이러하니 사랑을 잠재적인 것에서 현실적인 것으로 기꺼이 체험하려는 시인이 두려움과 고통, 그리고 기대와 희열을 함께 느끼지 않을 수 있겠는가. 이것은 곧 장석원의 시적 세계와 직결되는 것이라서, 종종 그의 시집이 야누스적인 인상을 풍기는 이유와도 맞물린다. 그의 시는 누군가에게는 지나간 시간들에 대한 지나치게 우울한 태도를 견지하는 것처럼 읽히고, 반대로 또 다른 누군가에게는 카니발적인 언어의 환희를 담고 있는 것처럼 읽히는데, 아무래도 우리는 이 두 가지 면모를 따로 원심 분리한 것이 아니라 그것을 모두 장석원에게서 비롯된 하나의 태도에서 유래했다고 생각해야 할 것 같다. 아니, 더 정확히 말하면 장석원의 매력적인 시들에는 어김없이 이 두 가지 반대되는 성격의 힘과 정념이 동시에 존재하면서 시적인 긴장을 끊임없이 생성하고 있다.

이쯤에서 다시 앞에서 제기했던 역사의 문제로 되돌아오자. 장석원이 말하는 사랑이야말로 개체의 보존을 최우선의 대의명분으로 삼는, 자기모순 따위는 생각해본 적 없는 이 시대의 '최후의 인간'들로 하여금, 그 내부에 어떤 불화의 씨앗을 파종하는 계기로 작용할 수 있으니 말이다. 다시 묻는다. 최후의 시대에, 이념적 기획에도 과거에 대한 회한에도 사로잡히지 않은 상태에서 어떻게 세계와 역사는 종말에 이르지 않고 새로운 미래의 시간을 잉태할 수 있는가. 혁명이 불가능해 보이는 시대에, 그럼에도 불구하고 혁명은 어떻게 가능한가.

　　나는 기적을 믿지 않네 그리고
　　나는 기록할 수 없는 사랑을 기적적으로 견뎌왔네
　　견뎌내야지 견뎌내야지 얼룩진 채로 얼룩진 채로

　　소멸에 대하여 내 몸속의 다른 목소리들에 대하여
　　쾌락과 중독과 운명과 패배에 대하여 투쟁과 신념의 괴멸에 대하여 그리고
　　나를 고통에 물들게 했던 아름다우나 아름답지 않은 피폭당한 사랑의 최후에 대하여

혼자 듣는 죽음의 음률에 대하여 돌아온 영혼들의 뭉개져
사라진 육신에 대하여 나는

기록한다 배꼽 위의 대패를 호두 옆의 망치를 구멍난 두개
골을 나는

나 자신도 모른 채 어제의 노을을 잊기 위하여
사랑 이후의 빈(貧)과 탐(貪)을 위하여
당신의 고단한 하루를 위하여 나를 모멸하기 위하여
쓸쓸한 절벽처럼 단단해진다 쉼 없는 고통이 나를 잠들게
하지만 이것도 기록한다

한 방울 눈물 같은 여자를 다시 사랑하기 위하여
다시 울게 하지 않기 위하여
동결된 눈으로 응시한다
나의 조용한 패배

내가 사라지자 세계가 변하였다
싸움이 끝났다 (Durchhalten!)

눈을 떠라
이제는 포기할 때가 되었다
　　　　　　　　——「그러나 그 이후의 고통에 대하여」부분

210

장석원은 분명 외부로부터 소여(所與)되는 기적적 혁명의 가능성을 신뢰하지 않는다. 만약 우리가 혁명을 자본주의 세계 체제의 변화로만 받아들이고, 먼 훗날 그것이 도래하기를 기약 없이 기다려야 한다면 그것은 참으로 허무한 일이 아닐 수 없을 것이다. 시인의 말을 빌리자면, 기적은 바깥에 존재하는 사건 속에 있는 것이 아니라, "사랑을 기적적으로 견"디는 내 안에 깃들어 있는 것이다. 즉, 세계가 나에게 선사하는 고통을 견디는 과정에서, 나의 소멸과 더불어 "내 몸속의 다른 목소리들"이 현시될 수 있다. 이것은 전통적인 형태의 목적론적 혁명이 우리에게 환기했던 능동적이고 주체적인 인상에는 못 미칠 수 있으나, 어쩌면 이 수동성이 보다 근본적인 가능성을 제시해주는 것일 수도 있다. 위 시의 앞부분에서 장석원은 이렇게 적기도 했다. "Durchhalten/완벽한 수동성만이 아름답다//끝까지 견디자/견디기 위해 나를 소거한다." 이러한 수동성이 그저 단순한 순응이 아님은 분명하다. 이 수동성이 아름다울 수 있는 것은 그것이 곧 자유의 계기를 제공해주는 한에서이다. 이미 시인은 사랑에 있어서라면 굴종이 곧 자유라 하지 않았던가. 자유는 내 맘대로 행위를 할 수 있는 주체의 능동성 속에서 얻어지는 것이 아니라, 역설적이게도 굴종에 대한 충실성 속에서 생성되는 것이다.
　장석원 시의 정치성을 논할 수 있는 지점이 있다면 아마

여기일 것이다. 그러니 그의 포기는 문면 그대로의 포기가
아니다. 이 세계를 수동적으로 견디겠다는 그의 태도에는
패배주의적인 단념의 흔적이 거의 없다. 왜냐하면 이 육참
골단(肉斬骨斷)의 결기로 그는 자기를 버림으로써, 가장
중요한 전부를 얻을 수 있을 테니까. "내가 사라지자 세계
가 변하였다." 과연, 세계를 변하게 하기 위해 시가 할 수
있는 일은 거대한 이념적 계획을 기도하는 것이 아니라,
가장 근본적인 인간의 실존 구조를 변화시키는 일이다. 혁
명이란 무엇인가. 이 시대의 진화적인 생태계 속 순응하듯
살아가는 인간들의 삶 내부에서 그것을 근본적으로 뒤흔들
어버릴 균열의 기미를 더욱 증폭시키는 일이다. 그것이 소
위 "진화의 고리"를 끊고 이 세계를 유동적인 변화의 너울
속으로, 그 끝없는 운동의 지평 위로 몰아가는 방법이다.
확고한 방향성도, 미래에 대한 일방적 기투도 없이 오직
자유를 고삐로 삼아 그 스스로를 파괴와 구축의 현장으로
인도해야 한다. 그렇게 우리는 이 시집의 마지막 시, 「역
진화의 시작」에 이르게 되었다.

　　사랑을 위해 모든 것을 포기할 것 미래를 향해 돌진할 것
새는 온몸을 날개로 바꾸어 운동할 것 다른 것은 지울 것 점
화된 새는 머리 위의 해를 삼키고 그림자 갉는 미친 바람의
노래 그 유정한 선율의 은빛 날개를 넓게 펼 것 비단 폭 아
랫도리를 스칠 때 온몸의 구멍을 열고 뛰어내려 다른 명의

멍이 되고 또한 큰 멍 속의 구멍이 될 것 멍 밖의 멍으로 돌
아가 구름과 달과 별이 사라진 자리 다무는 바람의 입 너머
생멸하는 어둠 밖으로 머리를 내미는 새의 선택은 오로지 날
개 방향은 하늘

　부드럽게 금속을 파고드는 황산처럼 하늘을 에칭하는 새
는 근육에 붉은 바람을 불어넣어 대기에 한 방울 피의 수평
궤적으로 응결될 것 이빨도 제거할 것 뱉어내어 먼지의 퇴적
안으로 밀어넣을 것 온몸의 깃털을 바람의 거스러미가 되게
할 것 뜯겨나간 바람의 비늘과 파쇄된 햇빛의 박편을 몸에
두르고 날기 위해 새는 신체를 고독에 봉헌하고 태양의 프로
펠러를 장착하고 지상에서 영원으로 추락할 것 아름다움을
위해 바람과 빛의 힘살을 선택할 것 이제 새는 허공의 둥근
묘혈 안에 거주하는 부동의 점
　　　　　　　　　　　　　　　──「역진화의 시작」 전문

　표제작이 시집의 마지막을 장식하는 것은 흔치 않은 사
례이거니와, 이러한 배치에서 시인의 각별한 의도가 드러
난다는 추리가 무리는 아닐 것이다. 일종의 끝에서의 시작
이라고나 할까. 물론 지금까지 살펴본 것처럼, 역진화라는
것이 역사에 특별한 방향성을 상정하려는 미래주의자의 욕
망이 아님은 자명하다. 그러니 시의 화자가 "미래를 향해
돌진할 것"이라 제안했지만, 그 미래는 손쉽게 공간적 표

상으로 이미지화하는 법이 없다. 또한 화자는 "새의 선택은 오로지 날개 방향은 하늘"이라고 말하는데, 실제로 위 시에서 환기되는 운동성은 대상의 실제적인 공간 이동을 주시하는 데서 느껴지기보다는, 한없이 자신에게로 재귀되면서 자신을 밀어내는 이의 내적인 에너지의 변화에서 감지된다. "새는 허공의 둥근 묘혈 안에 거주하는 부동의 점"이다. 말하자면, 새는 움직이고 있되, 이 움직임이 환기하고 있는 것은 실제의 움직임이 아니라 이 움직임을 가능케 하는 내부적 잠재성이다. 그래서 장석원의 새는 늘 움직이지 않으면서 움직이고, 움직이면서 움직이지 않는 중이다. 이것은 모호함을 숨기기 위한 수사학적 파탄인가. 그러나 이것은 단순히 말장난에 그치지는 않을 것이다. 생각해보면, 오랫동안 우리에게 전율적 영감을 주고 있는 김수영의 '온몸의 시학'이 꼭 그와 비슷하지 않았는가. "온몸으로 동시에 무엇을 밀고 나가는가. 그러나—나의 모호성을 용서해 준다면—〈무엇을〉의 대답은 〈동시에〉의 안에 이미 포함되어 있다고 생각된다. 즉, 온몸으로 동시에 온몸을 밀고 나가는 것이 되고, 이 말은 곧 온몸으로 바로 온몸을 밀고 나가는 것이 된다"(김수영, 「시여, 침을 뱉어라」, 『김수영 전집 2』, 민음사, 2003, p. 129). 시가 무엇을 밀 수 있으며, 어찌 역사를 이끌 수 있겠는가. 그저 스스로를 사랑 앞에 열어둠으로써, 인간의 아주 근본적인 부분을 겨우 자극할 수 있을 뿐이다. "멍의 멍" "큰 멍 속의 구멍" 등 이번 시집에서 장석원이 특별히 편애하는 이미지들이 환기하고 있는 것 역시 그와 같거니와, 생각해보면 시가 하는 일이 근본적으로 자유의 과잉과 혼란을 가시화하는 내적 모순을 계속해서 지어내는 일이 아니면 또 무엇이겠는가. 그러니, 장석원의 '역진화의 시작'이란 결국 시작(始作)을 시작(詩作)하는 것이며, 시작(詩作)이라는 시작(始作)과 같은 것이고, 또한 궁극적으로는 시작(始作)을 시작(始作)하는 일이라 할 수 있을 것이다. 일종의 영구 시작이라고 명명해도 좋을 텐데, 바로 이곳이 장석원이 추락하게 된, 추락하게 될 "영원"의 땅이다. 이렇게 이 시대의 진화와 경쟁하며 창조적 미래를 꿈꾸는 시인의 스칼라는 사랑이고 벡터는 영원히 자유일 수밖에 없을 것이다. 그리고 다시 한 번, 시의 선택은 사랑, 방향은 자유! ▨